Plan de Escape:

Entrando a la Fuerza

Bradley T. Livingston

Dedicación

"A ti, querido lector, por hacer que este viaje valga la pena."

"Para mis lectores, quienes dan vida a estas páginas."

"A todos los que toman este libro, gracias por dar una oportunidad a mis palabras."

"Para cada lector que encuentra una parte de sí mismo en estos capítulos."

En amorosa memoria de mi abuela Pearlie Mae Mumford 1932-2021

Agradecimientos

Mi madre es una mujer increíble. Me resulta difícil expresar lo que ella significa para mí en solo unas pocas frases. Agradezco a mi mamá por darme la vida; ningún otro regalo puede igualarse. Fui educada con disciplina por esta mujer llamada Virgie Mae Saunders (Stoner) y una abuela llamada Pearlie Mae Mumford, quienes me enseñaron lo bueno y lo malo cada día para que lograra algo en mi vida (Salmos 19:1; Romanos 1:20).

Acerca del Autor

Bradley T. Livingston, veterano de 12.5 años del Ejército de los EE. UU. y de la Guardia Nacional del Ejército, busca inspirar a la comunidad global a través de su enfoque único en el horror en **#HistoriasInfantiles**.

Además, está lanzando una innovadora alternativa de educación en el hogar en línea, priorizando la comodidad del aprendizaje desde casa y fomentando un entorno educativo seguro para los estudiantes.

Esta iniciativa educativa se identifica como Bradley T. Livingston High School College y Bradley T. Livingston High School for the Arts, siendo el hogar de los Taipans.

Contenido

Capítulo 1

La visión de Alex

Encerrado en los fríos y sin vida confines de su celda en el Penitenciario Greywall, Alex Thompson se sentó encorvado sobre un viejo escritorio de madera. El suave resplandor de la bombilla encima de él revelaba intrincosos bocetos extendidos ante él. Estos planos eran más que un simple mapa de la prisión; representaban su esperanza—una salida en un mundo que lo había etiquetado injustamente como un criminal.

Habían pasado 327 días desde que la vida de Alex había cambiado irrevocablemente, desde aquella fatídica mañana del lunes cuando las acusaciones de espionaje corporativo habían hecho añicos su mundo.

Alex Thompson había sido alguna vez una estrella en ascenso en una prestigiosa empresa de tecnología, reconocido por sus creativos diseños de ingeniería y su firme dedicación a su trabajo. Sus días estaban llenos de proyectos intrincados y sesiones de lluvia de ideas colaborativas con colegas que valoraban su experiencia y su enfoque innovador.

Sin embargo, esa mañana del lunes, la vida de Alex dio un giro drástico. Se sentó en su escritorio, profundamente concentrado en un nuevo proyecto, cuando los oficiales de seguridad irrumpieron en su oficina con acusaciones alarmantes. Lo acusaron de robar información confidencial de la empresa y venderla a un competidor—una acusación que Alex negó vehementemente. A pesar de sus protestas y la falta de pruebas sustanciales en su contra, fue arrestado rápidamente, sometido a un juicio apresurado y condenado a una dura pena de quince años de prisión.

El incidente que llevó al falso arresto de Alex tuvo raíces en un siniestro giro del destino. Trabajando hasta tarde una noche, Alex tropezó con archivos cifrados en la computadora de un colega. Intrigado y sin ser consciente del peligro que representaban, accedió a ellos sin querer. Para la mañana, esos mismos archivos habían aparecido misteriosamente en el propio dispositivo de Alex, activando alarmas y desencadenando una rápida investigación. Huellas dactilares, documentos falsificados y correos electrónicos manipulados parecían incriminar a Alex sin lugar a dudas. Sus una vez confiables colegas, engañados por pruebas contundentes, se distanciaron, dejando a Alex enfrentar el peso de la sospecha y la traición.

Decidido a limpiar su nombre manchado y recuperar su libertad, Alex planeó meticulosamente su escape de los confines del Penitenciario Greywall.

Alex había estado tras las rejas durante tres largos años. Sus una vez afiladas facciones ahora mostraban el desgaste de la vida en prisión: piel pálida, ojos cansados rodeados de ojeras, y un marco delgado que hablaba de libertad perdida y espacios confinados. A pesar de las dificultades grabadas en su apariencia, había una determinación en su mirada—una resolución que insinuaba una mente constantemente maquinando, calculando, buscando la más mínima grieta en el sistema.

El plano en sí era una obra maestra de arte

clandestino. Corredores detallados marcados con horarios de patrullas de guardias, conductos de ventilación delineados con posibles rutas de escape, y puntos de control de seguridad señalados con meticulosa precisión. Cada línea dibujada con propósito, cada anotación una migaja de pan en un laberinto de concreto y acero. No era solo un diseño; era un plan estratégico— un mapa hacia la liberación.

Para Alex, estos planos representaban más que una simple fuga; simbolizaban redención. Enmarcada dentro de sus líneas estaba la oportunidad de reescribir la narrativa que lo había llevado hasta aquí. Eran su llave para recuperar una vida robada por las circunstancias y el error de juicio. Cada noche dedicada a estudiarlos era un paso más cerca de un futuro más allá de estas paredes—un futuro donde pudiera probar su inocencia y reconstruir lo que había sido destrozado.

Mientras estudiaba los intrincados detalles, su mente divagaba hacia el día en que todo salió mal—las acusaciones falsas, el juicio rápido, el duro veredicto que selló su destino. Sin embargo, en medio de la amargura de la injusticia, brillaba una llama de desafío. Se negaba a ser definido por las rejas que lo mantenían cautivo o por el uniforme que vestía. Alex Thompson era más que un prisionero; era un estratega, un sobreviviente, un hombre impulsado por una sed de verdad y un hambre de justicia.

El plano, con sus bordes desvanecidos y esquinas arrugadas, susurraba promesas de corredores aún inexplorados, de obstáculos esperando ser superados. Era un testamento de su resiliencia, un testamento del espíritu humano contra las adversidades más oscuras. Cada trazo del lápiz, cada anotación en tinta, era un testimonio de su inquebrantable creencia en un mañana donde la libertad no era solo un sueño, sino una realidad esperando ser realizada.

Y así, en la tranquila soledad de su celda, Alex Thompson continuaba estudiando, planeando, soñando. Porque más allá de las barras de acero y las paredes de concreto, más allá de los ojos vigilantes y los duros juicios, yacía un mundo donde la verdad lo esperaba— un mundo donde el plano que ahora sostenía podía desbloquear no solo una puerta, sino su propio futuro.

Alex obtuvo el plano a través de una combinación de observación cuidadosa y conversaciones discretas con otros reclusos. Haber estado en la prisión durante tres años le permitió aprender la disposición de la instalación, como dónde patrullaban los guardias y dónde estaban colocadas las cámaras. También escuchaba atentamente rumores y chismes entre otros prisioneros, recogiendo fragmentos de información sobre la estructura del edificio y las medidas de seguridad.

A veces, alcanzaba a ver a trabajadores de mantenimiento o contratistas con planos, que memorizaba o esbozaba cuando era posible. Otras veces, hacía preguntas sutiles durante conversaciones informales, fingiendo estar interesado en la historia o la arquitectura de la prisión. Con el tiempo, Alex reunió estos fragmentos de información, construyendo gradualmente una comprensión completa de la disposición de la prisión.

Una vez que había recopilado suficientes detalles, Alex comenzó a dibujar su propio plano. Usó cualquier material que pudiera encontrar—lápices, trozos de papel, incluso las partes traseras de documentos descartados. Cada noche, bajo la tenue luz de la bombilla de su celda, recreaba meticulosamente lo que había memorizado o escuchado. No era fácil, ya que tenía que tener cuidado de no atraer sospechas de los guardias u otros reclusos.

El plano se convirtió en más que un simple mapa; se convirtió en su tabla de salvación—un símbolo de esperanza y un plan para la libertad. Alex sabía que con la estrategia y el momento adecuados, podría usar este conocimiento para navegar por las complejidades de la prisión y encontrar una salida. El proceso no fue rápido ni sencillo, pero la determinación y la ingeniosidad de

Alex lo mantuvieron enfocado en su objetivo.

La celda que ocupaba Alex era pequeña, sus paredes desnudas y pintadas de un gris apagado que parecía presionar hacia adentro. En una esquina, una cama estrecha ocupaba la mayor parte del espacio, su colchón delgado y desgastado por años de uso. Una pequeña ventana, fuertemente enrejada, dejaba entrar solo un débil rayo de luz de luna, proyectando sombras tenues sobre el frío suelo. El aire tenía un persistente olor—a una mezcla de humedad y desinfectante—que impregnaba cada rincón, un recordatorio contundente de la desolación que definía su existencia diaria.

Dentro de estas paredes restrictivas, el tiempo pasaba lentamente, marcado por la rutina de las comidas y los ecos ocasionales de voces distantes de otras partes de la prisión. El silencio era pesado, roto solo por el ocasional roce de pasos fuera de su celda o el tintineo de llaves mientras los guardias realizaban sus rondas.

A pesar de las duras condiciones, Alex se había adaptado a su entorno con una silenciosa determinación. Había logrado establecer un semblante de orden dentro del caos de la vida en prisión, encontrando consuelo en los momentos de soledad en los que podía dibujar o anotar notas en los márgenes de viejos periódicos. Estos pequeños actos de desafío contra la monotonía mantenían su mente aguda y enfocada en su objetivo final: encontrar una manera de escapar de los confines que lo mantenían injustamente.

Cada noche, mientras se sentaba en el desgastado escritorio de madera, absorto en sus planos improvisados bajo la tenue luz de la bombilla sobre él, Alex encontraba una fugaz sensación de libertad al planear su futuro más allá de estas paredes.

El Penitenciaría Greywall, construida a mediados de la década de 2000, se erige como una formidable fortaleza enclavada entre densos bosques remotos y acantilados empinados. Diseñada como una instalación de máxima seguridad, su exterior imponente y ubicación estratégica hacen que la fuga sea prácticamente impensable. Dentro, la prisión se despliega como un laberinto de frío concreto gris y acero reforzado, un testamento de su propósito de confinar a algunos de los delincuentes más peligrosos de la sociedad.

El corazón de la Penitenciaría Greywall late dentro de sus cuatro bloques de celdas principales—

etiquetados A, B, C y D—cada uno albergando aproximadamente a cien reclusos. Las celdas son espartanas, con muebles mínimos: una cama estrecha, un pequeño escritorio, un lavabo y un inodoro. Las paredes, desprovistas de decoración, amplifican la sensación de confinamiento, mientras que una pequeña ventana, fuertemente enrejada, cerca del techo, ofrece un escaso atisbo de luz natural. Las áreas comunes dentro de cada bloque sirven como puntos de encuentro durante los períodos designados de recreo, equipadas con un puñado de bancos, mesas y televisores envejecidos montados en paredes de concreto, que son el único respiro del monótono gris.

El comedor, una vasta caverna en el núcleo de la prisión, alberga a cientos de reclusos en largas mesas y bancos utilitarios. La cocina, separada por una robusta barrera de acero, emite un aroma perpetuo de comida sobrecocida mezclado con el ácido estéril del desinfectante. Es aquí donde las rutinas diarias se punctúan con el ritual de las comidas comunales, proporcionando un semblante de normalidad en medio de las crudas realidades del encarcelamiento.

Más allá de los confines de las rutinas diarias se encuentra el patio de ejercicio—una cercada donde los reclusos pueden saborear brevemente el aire libre. Equipos básicos de ejercicio y un solitario aro de baloncesto salpican el paisaje desolado, flanqueados por muros imponentes coronados con alambre de púas. Las torres de guardia se alzan sobre él, un recordatorio constante de los ojos vigilantes que supervisan cada movimiento dentro de este dominio restringido.

Las funciones administrativas de la Penitenciaría Greywall están centralizadas en su Ala Administrativa, que alberga la oficina del alcaide, oficinas administrativas y salas de consulta para asuntos legales. El acceso a esta sección está estrictamente regulado, reservado exclusivamente para citas programadas y negocios oficiales, subrayando la división entre la autoridad y el confinamiento.

En contraste, la enfermería de la prisión ofrece un marcado contraste—un pequeño oasis estéril dentro de los duros confines. Equipado con un número modesto de camas y suministros médicos esenciales, cuenta con una enfermera y es visitado periódicamente por un médico, brindando atención médica limitada pero necesaria a la población reclusa.

Para aquellos que transgreden las reglas o requieren aislamiento, el Ala de Aislamiento se erige como un crudo recordatorio de las consecuencias. Las celdas aquí son más pequeñas y austera que sus contrapartes, con puertas gruesas y sin ventanas. Los reclusos confinados dentro de estas paredes soportan restricciones más severas, con una interacción humana mínima y solo una hora asignada para el ejercicio en un patio separado y cerrado—un lugar donde la soledad es tanto un castigo como una reflexión.

Dentro de esta intrincada red de muros y regulaciones, Alex Thompson navegaba su existencia, un prisionero que había llegado a comprender íntimamente las sutilezas de la Penitenciaría Greywall. A través de observaciones discretas e indagaciones cautelosas, reunió el plano de la prisión—no solo su disposición física, sino los ritmos de sus operaciones y las vulnerabilidades ocultas dentro de su formidable estructura.

Mientras enrollaba cuidadosamente los planos, ocultándolos debajo del delgado colchón de su estrecha cama, los sentidos de Alex se agudizaron al oír el sonido de pasos resonando en el tenue pasillo fuera de su celda. Contuvo la respiración, su pulso acelerándose con aprensión. Los pasos se acercaban, su cadencia deliberada resonando contra las frías paredes de concreto.

"Revisen a todos los reclusos," ordenó una voz profunda, apenas audible a través de las gruesas paredes del bloque de celdas.

Alex se congeló, su corazón latiendo con fuerza

en su pecho. Conocía la rutina—una patrulla nocturna para asegurarse de que todos los prisioneros estuvieran contabilizados y que no hubiera actividades ilícitas en curso. Tenía que permanecer indetectado; cualquier sospecha podría poner en peligro sus cuidadosamente trazados planes.

Los pasos se acercaban, acompañados del tintineo de llaves y el murmullo ocasional de conversaciones entre los guardias. Alex se presionó contra la pared, deseando que su cuerpo se mezclara con las sombras proyectadas por las luces parpadeantes del techo. Cerró los ojos brevemente, suplicando en silencio que su escondite no fuera descubierto.

Los pasos se detuvieron justo afuera de su celda. La respiración de Alex se detuvo en su garganta mientras se preparaba para el inevitable escrutinio. No se atrevió a moverse, apenas permitiéndose parpadear, por miedo a que cualquier sonido traicionara su presencia.

"Todo tranquilo aquí," comentó uno de los guardias, su voz áspera y directa. "Sigan adelante."

Un alivio inundó a Alex cuando los pasos reanudaron su camino por el pasillo. Liberó el aliento que había estado conteniendo, sus hombros cediendo al peso de la tensión que se disipaba de su cuerpo. Con cuidado, recuperó los planos de su improvisado escondite y reanudó su estudio.

Cada noche, envuelto en el silencio de las horas más oscuras de la prisión, Alex estudiaba meticulosamente los planos extendidos ante él en el desgastado escritorio de madera. Sus ojos seguían las intrincadas líneas, buscando vulnerabilidades en la formidable seguridad de la Penitenciaría Greywall. Entre sus descubrimientos había una ruta prometedora a través de un túnel abandonado que se serpenteaba por debajo de la instalación, un vestigio de su construcción que había sido olvidado y no utilizado durante mucho tiempo. Este túnel, se dio cuenta Alex, podría llevarlo a un desagüe ubicado más allá de los muros de la prisión— un posible camino hacia la libertad.

Sin embargo, el mayor obstáculo que enfrentaba Alex era el tiempo. La Penitenciaría Greywall operaba bajo una estricta vigilancia y protocolos de guardia rigurosos. Cualquier intento de escape requería una planificación meticulosa y una ejecución impecable. Consciente de las consecuencias de un fracaso, Alex sabía que solo tenía una oportunidad para tener éxito.

Para prepararse, Alex se sumergió en los detalles intrincados de las operaciones diarias de la prisión. Observó meticulosamente las rutinas de los guardias, memorizando sus horarios de turno y anotando los momentos en que las cámaras de seguridad eran menos propensas a estar activamente monitoreadas. Los guardias operaban en turnos—mañana, tarde y noche— cada cambio de turno marcado por una breve superposición mientras el personal rotaba funciones.

Durante el turno de día, que comenzaba a las 7:00 AM, los guardias estaban más alertas y diligentes, llevando a cabo inspecciones exhaustivas de las celdas y áreas comunes. Este período se caracterizaba por una actividad intensa, con los reclusos confinados en sus respectivos bloques bajo estricta supervisión. El turno de la tarde, que comenzaba a las 3:00 PM, traía una ligera relajación en la vigilancia a medida que los guardias cambiaban su enfoque hacia tareas administrativas y actividades de los prisioneros. Fue durante este turno que Alex observó una ligera disminución en la intensidad de la vigilancia, lo que proporcionaba potenciales ventanas de oportunidad para movimientos encubiertos y preparativos.

La caída de la noche traía una atmósfera diferente dentro de los muros de la prisión. A medida que la última luz del día se desvanecía, los guardias del turno de noche tomaban el relevo a las 11:00 PM. Este cambio de turno marcaba un momento crítico para Alex. La transición entre turnos ofrecía un breve período de vigilancia reducida—una ventana fugaz donde los guardias, fatigados por el largo día, intercambiaban informes y se acomodaban en sus puestos para la noche. Fue durante esta transición que Alex planeaba iniciar su escape.

Alex miró el plano extendido sobre el escritorio, con el ceño fruncido en concentración. "Está bien, veamos… los turnos de rotación de los guardias aquí," murmuró en voz baja, trazando su dedo a lo largo de las líneas dibujadas. "Si lo temporizo bien… durante el cambio de turno de noche…"

Hizo una pausa, golpeándose la barbilla pensativamente. "Esa podría ser mi ventana. Solo necesito asegurarme de que las cámaras estén a mi favor." Sus ojos recorrieron las notas detalladas que había anotado en los márgenes. "Y la entrada al túnel… Es arriesgado, pero podría ser la mejor oportunidad que tengo."

Mientras estudiaba el diseño, las dudas

empezaron a asomarse. "¿Qué pasa si me atrapan antes de salir?" Sacudió la cabeza, disipando el pensamiento negativo. "No, he planeado esto meticulosamente. Conozco las rutinas de los guardias mejor que ellos mismos."

Los guardias variaban en su comportamiento y enfoque. Algunos mantenían un profesionalismo severo, adhiriéndose estrictamente a los protocolos, mientras que otros mostraban una actitud más indulgente, quizás cansados de la constante tensión de la vida en prisión. Cada guardia desempeñaba un papel crucial en el mantenimiento del orden dentro de los confines de Greywall, su presencia era un recordatorio constante de los límites que Alex buscaba desafiar.

Los internos en Greywall abarcaban un espectro

de orígenes y delitos, desde criminales menores hasta aquellos condenados por crímenes más graves. La administración de la prisión segregaba cuidadosamente a los internos según su comportamiento y riesgo de seguridad, aplicando medidas disciplinarias a través de aislamiento o privilegios restringidos en el ala de aislamiento.

Dentro de la prisión, Alex navegaba una existencia monótona dictada por la rutina. Las mañanas comenzaban temprano con el clangor de las puertas de las celdas y el arrastrar de los internos alineándose para un desayuno escaso en el comedor. Los días se extendían con trabajos asignados o períodos de recreación obligatorios en el sombrío patio de ejercicios, rodeados de muros altos coronados con alambre de púa.

Cada tarde, a medida que la prisión se sumía en una inquieta quietud, Alex regresaba a su celda—un espacio austero que albergaba una cama estrecha, un pequeño escritorio y un lavabo solitario. El pequeño espejo sobre el lavabo se convirtió en un reflejo de su determinación y un recordatorio de los rostros que anhelaba ver más allá de los confines de la prisión. Las noches estaban dedicadas a estudiar los planos meticulosamente, analizando las posibles rutas de escape y sincronizando los movimientos de los guardias y las cámaras de seguridad.

A medida que cada noche pasaba dentro de los confines de la Penitenciaría Greywall, Alex Thompson perfeccionaba meticulosamente su estrategia de escape. Con una determinación inquebrantable, trazaba con esmero cada detalle, desde el momento preciso de cada movimiento hasta los riesgos calculados de deslizarse más allá de los guardias y evadir las medidas de seguridad. Su plano para la libertad no era solo un plan; era una tabla de salvación—un camino de regreso a la vida y la reputación que le habían sido injustamente arrebatadas.

Alex sabía que las probabilidades estaban en su contra, pero se negaba a ceder ante la desesperación. En lo profundo de los recovecos de su mente, ya estaba varios pasos adelante, planeando para la aparentemente imposible tarea que tenía por delante. Comprendía que lograr su libertad requeriría más que mera suerte— exigía una planificación cuidadosa, un timing impecable y nervios de acero.

En la soledad de su celda, la mirada de Alex

recorrió su entorno, deteniéndose en el pequeño espejo montado sobre el lavabo. Su reflejo le miraba de vuelta—un testimonio de los meses de penurias y confinamiento grabados en su rostro. Sin embargo, detrás de la fatiga, sus ojos brillaban con un fuego alimentado por la convicción. Pensó en su familia— aquellos que creían firmemente en su inocencia y esperaban con ansias su regreso. No podía permitirse decepcionarlos.

El espejo se convirtió en un símbolo de resiliencia—un recordatorio de por qué persistía frente a la adversidad. Reflejaba no solo su apariencia física, sino también la fuerza de su determinación. Con cada día que pasaba, mientras estudiaba las patrullas de los guardias y se familiarizaba con las intrincadas características del diseño de la prisión, Alex se sentía más seguro de su capacidad para ejecutar el audaz plan de escape que había elaborado meticulosamente.

Pero Alex sabía que no podía emprender este peligroso viaje solo. Necesitaba aliados—individuos que compartieran su deseo de justicia y estuvieran dispuestos a ayudarle a superar los formidables obstáculos que se avecinaban. En las sombras de la Penitenciaría Greywall, se forjaron alianzas discretamente, susurros intercambiados en fugaces momentos de privacidad. La confianza se ganaba con cautela, cada participante evaluado por su lealtad y discreción.

Capítulo 2

Formando el Equipo

El primer paso de Alex fue reunir un equipo tan hábil y decidido como él. Necesitaba aliados que pudieran navegar entre las sombras y burlar al sistema que los había perjudicado. Cada miembro debía aportar algo único al grupo—habilidades que eran indispensables para el éxito de su audaz plan.

Alex Thompson estaba en el borde del desolado patio de la prisión, escaneando el área con un ojo entrenado. La dura luz del sol proyectaba sombras angulares sobre el asfalto agrietado y la escasa hierba. Los internos se movían de un lado a otro, algunos lanzando canastas de manera poco entusiasta en un aro de baloncesto oxidado, mientras otros caminaban o se quedaban en pequeños grupos, sus voces amortiguadas por los imponentes muros de concreto.

Su mirada se posó en una figura sentada sola cerca de la cerca lejana, bañada en un rayo de sol. Lily Harper, cuya presencia era una mezcla de vulnerabilidad e intensa inteligencia, ocupaba un lugar solitario al que a menudo se retiraba durante el tiempo de patio. Alex la había estado observando durante semanas, anotando sus rutinas, sus interacciones cautelosas y el meticuloso cuidado que tenía para evitar llamar la atención innecesariamente.

La reputación de Lily la precedía—una prodigio digital con una inclinación por escabullirse a través de las redes de seguridad más ajustadas. A los veinticinco años, ya se había hecho un nombre en la comunidad de hackers clandestinos antes de su arresto. Sus habilidades eran inigualables, su capacidad para navegar paisajes virtuales y vulnerar sistemas impenetrables legendaria entre quienes conocían sus hazañas.

Pero detrás de su formidable destreza digital había una historia compleja, una que Alex estaba decidido a desentrañar. Sabía que para formar un equipo capaz de ejecutar su audaz plan de escape de la Penitenciaría Greywall, necesitaba aliados como Lily—individuos con habilidades especializadas y un deseo compartido de justicia.

Acercarse a Lily requería sutileza. No podía permitirse asustarla o parecer amenazante. A medida que se acercaba a su lugar apartado, reguló su respiración y convocó una actitud tranquila, consciente del delicado equilibrio necesario para ganarse su confianza.

"Lily, ¿verdad?" La voz de Alex fue suave pero decidida, resonando en el patio hacia donde ella estaba sentada.

Sorpresa, Lily levantó la vista, su expresión era cautelosa. Sus ojos azules, agudos y evaluadores, estudiaron a Alex con una mezcla de curiosidad y precaución. No respondió de inmediato, evaluándolo con el escrutinio de alguien acostumbrada al engaño y la manipulación.

"¿Quién pregunta?" Su tono era medido, impregnado de la sospecha que provenía de años navegando en un mundo donde la confianza era una mercancía rara.

"Alex Thompson," respondió él, ofreciendo una ligera sonrisa desarmante mientras se detenía a una distancia respetuosa. "He oído hablar de tus habilidades con las computadoras. Necesito tu ayuda."

La mirada de Lily se estrechó ligeramente, evaluando la sinceridad detrás de las palabras de Alex. Había aprendido a leer las intenciones de las personas a partir de señales sutiles—su lenguaje corporal, la cadencia de su voz, la autenticidad en sus ojos. Algo en la actitud de Alex resonaba con ella—una mezcla de sinceridad y desesperación que despertó una curiosidad reacia.

"¿Y qué te hace pensar que te ayudaré?" La voz de Lily era fría, sin traicionar los tumultuosos pensamientos que corrían por su mente. Confiar en Alex significaba arriesgarse a otra traición, otra pérdida de control sobre su destino.

"Sé que estás aquí por una razón, Lily," respondió Alex suavemente, su mirada firme e inquebrantable. "Yo también lo estoy. Juntos, tenemos la oportunidad de hacer las cosas bien."

Un destello de vulnerabilidad cruzó el rostro de Lily, imperceptible para cualquier persona excepto para Alex, quien había perfeccionado su capacidad para percibir emociones bajo exteriores protegidos. La perspectiva de redención, de recuperar una vida interrumpida por errores y juicios erróneos, tiraba de algo profundo dentro de ella—una frágil esperanza que había enterrado bajo capas de cinismo y autoprotección.

Ella dudó, sopesando las palabras de Alex contra

sus instintos. En este lugar donde la vulnerabilidad era una carga y las alianzas se forjaban con cautela, se sintió atraída por la súplica sincera de Alex. Si alguien entendía el peso de las acusaciones injustas y la implacable búsqueda de la verdad, era él.

"Está bien," finalmente accedió Lily, su voz ahora más suave, impregnada de una resignación que hablaba de una confianza reacia. "Pero si esto sale mal, te arrepentirás."

Alex asintió, reconociendo la advertencia implícita. "No me atrevería a traicionar tu confianza, Lily. Hablemos más cuando estemos dentro."

A medida que los guardias comenzaban a conducir a los internos de regreso a sus celdas, Alex sintió un aumento de optimismo cauteloso. Convencer a

Lily de unirse a su causa era solo el primer paso en un plan más amplio y arriesgado—una intrincada red de estrategia y tiempo que pondría a prueba su resistencia y recursos.

El viaje de Lily, de prodigio digital a hacker encarcelada, había comenzado años antes, impulsado por un intelecto inquieto y un deseo de desafiar límites tanto reales como virtuales. De adolescente, se había sumergido en el mundo de la programación y la ciberseguridad, su curiosidad avivada por el atractivo del conocimiento prohibido y la adrenalina de vulnerar sistemas supuestamente impenetrables.

Sus padres, distantes y preocupados por sus propias vidas, habían pasado por alto las noches largas que pasaba frente a la pantalla de su computadora, donde líneas de código danzaban como poesía digital. Era un mundo donde sentía un sentido de maestría y control— una escapatoria de las complejidades de su existencia mundana.

Sus habilidades rápidamente llamaron la atención de grupos de hackers subterráneos, atraídos por su aptitud natural y audacia. Ella había navegado laberintos virtuales y desmantelado firewalls con una precisión que desmentía su juventud, ganándose una reputación como un fantasma digital que no dejaba rastro de sus hazañas.

Pero fue un hackeo de alto riesgo en una base de datos gubernamental lo que alteró irrevocablemente la trayectoria de Lily. A los veintidós años, impulsada por una potente mezcla de ambición y naiveza, había vulnerado una red laberíntica de archivos encriptados, con la intención de extraer información sensible para obtener ganancias. La emoción de burlar capas de protocolos de seguridad había nublado su juicio, cegándola ante las consecuencias de sus acciones.

El día de su arresto permanecía grabado en su memoria con escalofriante claridad. Había estado en su departamento, inmersa en una maratón de hackeo, cuando un fuerte golpe destrozó el silencio. El pánico la había invadido mientras se apresuraba a borrar huellas digitales y destruir evidencia incriminatoria. Pero los agentes del FBI que irrumpieron eran implacables, con sus armas desenfundadas y voces autoritarias.

Esposada y forzada a salir del santuario de su hogar, Lily sintió el frío mordisco del metal contra sus muñecas—un recordatorio tangible del abrupto final de sus escapadas digitales. El posterior juicio había sido rápido y despiadado, la evidencia en su contra abrumadora. Su falta de remordimiento solo alimentó el caso de la fiscalía, pintándola como una renegada peligrosa que representaba una amenaza para la seguridad nacional.

El martillo del juez había caído con una resonante finalización, condenando a Lily a cinco años en el Penitenciario Greywall—una sentencia que había aceptado con resignación estoica. Detrás de la fachada de indiferencia que presentaba a sus compañeros internos y al personal de la prisión, se escondía un torrente de emociones: ira por su propia imprudencia, arrepentimiento por las oportunidades desperdiciadas y una sensación constante de traición por parte de un sistema de justicia que la había marcado como criminal.

En prisión, Lily había forjado una existencia solitaria, limitando sus interacciones a la periferia de la vida carcelaria. Se mantenía al margen, cultivando un aura de desapego que ocultaba las turbulentas corrientes que la habitaban. Su celda, ubicada en el segundo nivel del ala este, ofrecía una vista austera del patio interior de la prisión—un recordatorio constante del mundo más allá de sus confines.

La celda en sí era un estudio de minimalismo espartano—una cama estrecha, un lavabo de acero inoxidable y un inodoro que resonaba con cada descarga. Grafitis adornaban las paredes, un testimonio de los habitantes transitorios que habían dejado su huella. Una pequeña ventana con rejas permitía que un rayo de luz del día se filtrara, proyectando patrones fugaces de sombra y luz sobre el frío suelo de linóleo.

Sin embargo, dentro de este austero entorno, Lily encontraba consuelo en los momentos de soledad durante el tiempo de patio. Alejada de los sofocantes confines de su celda, buscaba un lugar apartado cerca de la valla lejana—un santuario donde podía observar las nubes pasar y escapar momentáneamente de la asfixiante realidad de la vida en prisión.

A continuación, Alex buscó a Ethan como miembro del equipo.

Ethan Reynolds se sentaba en su celda en el primer nivel del ala oeste del Penitenciario Greywall, una figura solitaria en medio del monótono ruido de la vida carcelaria. Su celda, como las de sus compañeros internos, era un recordatorio austero de los confines que ahora definían su existencia—una cama estrecha, un lavabo de acero inoxidable y un inodoro que resonaba con cada descarga. Pero a diferencia de muchos, la celda de Ethan llevaba la impronta de un meticuloso orden, un reflejo de su naturaleza disciplinada que una vez había definido su vida más allá de estas paredes.

Su viaje hacia esta celda había comenzado hace más de una década, en un mundo completamente diferente—el disciplinado mundo del servicio militar. Ethan se había enlistado directamente después de la secundaria, impulsado por un sentido de deber y el deseo de hacer una diferencia. Sus excepcionales habilidades y su inquebrantable adhesión a los principios lo impulsaron rápidamente a través de las filas, ganándose respeto y responsabilidad dentro de su unidad.

Durante años, Ethan había servido con distinción,

liderando misiones y ganándose el respeto de sus compañeros. Era conocido no solo por su agudeza táctica, sino también por su integridad—un compromiso firme con la justicia y el honor que guiaba cada decisión que tomaba en el campo de batalla.

Sin embargo, fue durante una operación encubierta en el extranjero donde las convicciones de Ethan chocaron de manera irreconciliable con las turbias realidades del mando militar. Su unidad había sido desplegada para eliminar a un grupo de supuestos insurgentes, una misión que parecía rutinaria hasta que llegaron al sitio designado. Allí, en medio del caos y la confusión del combate, Ethan descubrió la sombría verdad: los objetivos no eran insurgentes, sino civiles inocentes, atrapados en el fuego cruzado de una operación clandestina impulsada por la corrupción y la avaricia.

Negándose a cumplir órdenes que violaban su brújula moral, Ethan confrontó a sus superiores, esperando responsabilidad y justicia. En cambio, se encontró marcado como un traidor—un paria dentro de las filas que alguna vez consideró familia. Pruebas fabricadas y testimonios falsos allanarían el camino para un juicio militar rápido y despiadado, que culminó en una sentencia que destrozó su mundo—una década tras las rejas por insubordinación y filtración de información clasificada.

El día de su arresto fue un borrón de traición y desilusión. En las primeras horas de la mañana, la policía militar irrumpió en su hogar, arrancándolo de la vida que había conocido. El peso de su uniforme se sentía más pesado que nunca al ser despojado de él, reemplazado por el frío acero de las esposas que ataban sus muñecas. Rostros que alguna vez estaban llenos de camaradería ahora mostraban expresiones de decepción y enojo—un doloroso recordatorio del precio que pagó por negarse a comprometer sus principios.

Sin embargo, a pesar de la injusticia que lo había llevado al Penitenciario Greywall, Ethan se negaba a sucumbir a la amargura o la desesperación. Dentro de los confines de su celda, mantenía una rigurosa rutina—entrenamiento físico, actividades intelectuales y una meticulosa planificación que mantenía su mente aguda y su espíritu resiliente. Cada día era una batalla contra la sofocante monotonía de la vida en prisión, una lucha implacable por preservar su sentido de identidad y propósito en medio de las deshumanizantes restricciones de la encarcelación.

Alex Thompson había estado observando a Ethan durante semanas, reconociendo en él un espíritu afín— un hombre de principios cuyas habilidades y resiliencia eran indispensables para su audaz plan de escape. Desde su propia celda en el ala este, Alex había trazado un mapa de posibles aliados dentro de las paredes de la prisión, buscando individuos cuyas experiencias y determinación reflejaban las suyas.

Alex decidió hablar con Ethan durante el almuerzo.

La cafetería de la prisión era un espacio ruidoso y bullicioso, lleno del clamor de bandejas y el murmullo de conversaciones. Largas mesas comunitarias ocupaban la sala, cada una anclada al suelo para cvitar que se usaran como armas. Las paredes eran de un beige institucional opaco, y las altas ventanas estaban cubiertas con rejas, dejando entrar solo una tenue luz. Guardias se situaban a intervalos a lo largo del perímetro, sus ojos vigilantes escaneando la sala en busca de cualquier signo de problemas.

Durante una comida en la abarrotada cafetería, Alex vio a Ethan sentado solo, su postura rígida, sus ojos escaneando la sala con una vigilancia entrenada. Alex respiró hondo y se acercó, deslizándose en el banco frente a Ethan. Sabía que esta conversación sería crucial.

"He oído que eres bueno en las peleas," dijo Alex, manteniendo su voz baja para evitar atraer atención.

Ethan miró hacia arriba desde su bandeja, su mirada firme y evaluadora. "¿Y quién podrías ser tú?"

preguntó, con un tono neutral.

"Alex Thompson," respondió Alex. "Estoy formando un equipo para escapar de aquí. Necesito a alguien con tus habilidades."

Ethan dio un bocado a su comida, masticando pensativamente mientras consideraba las palabras de Alex. Había escuchado rumores de intentos de escape antes, todos terminando en fracaso. Pero algo en la actitud de Alex, su confianza, hizo que Ethan se detuviera.

"He estado buscando justicia desde que me metieron aquí," dijo finalmente Ethan, su voz teñida de una mezcla de amargura y determinación. "Cuenta conmigo."

Alex asintió, sintiendo un alivio que lo invadía.

"Bien. Necesitaremos tu experiencia militar para navegar los desafíos físicos del escape. No se trata solo de escapar, se trata de hacer las cosas bien."

Los ojos de Ethan se endurecieron con determinación. Unirse a la misión de Alex era una oportunidad para defender los valores en los que creía, una oportunidad de justicia que no se lograba a través de canales convencionales. Por primera vez desde su encarcelamiento, sintió un destello de esperanza.

Maya Rodríguez era una mujer de misterio dentro de las paredes de la prisión, su presencia tan enigmática como el arte que creaba meticulosamente. Antes de la prisión, Maya llevaba una vida envuelta en las sombras del mundo del arte. Era reconocida por su excepcional talento en la falsificación, capaz de replicar cualquier documento o pieza de arte con una precisión asombrosa. Su viaje a los confines de la prisión comenzó con un atraco de alto riesgo que salió mal.

Años antes de su encarcelamiento, Maya operaba en los márgenes de la legalidad, buscada por su capacidad para crear réplicas perfectas de obras de arte invaluables. Era una profesión lucrativa pero peligrosa, una que a menudo difuminaba las líneas entre artista y criminal. Sus habilidades llamaron la atención de un coleccionista adinerado que le encargó falsificar una pintura rara, prometiendo una suma considerable a cambio. Maya aceptó el trabajo, confiada en su capacidad para cumplir.

El día del atraco estaba destinado a ser su triunfo. Había preparado meticulosamente la falsificación, asegurándose de que cada pincelada reflejara el original a la perfección. Sin embargo, cuando colocó la pintura falsa en la bóveda del coleccionista y guardó el pago, fue traicionada. El coleccionista había avisado a las autoridades, y Maya se encontró rodeada por la policía antes de que pudiera escapar.

El juicio fue rápido y condenatorio. La evidencia en su contra era abrumadora, y su reputación como maestra falsificadora la pintaba como una mente criminal. Maya fue condenada a una larga pena de prisión, su vida una vez libre ahora confinada a la dura realidad de las paredes de la prisión.

Dentro de la prisión, Maya se adaptó rápidamente. Utilizó sus talentos artísticos para crear murales y pinturas que adornaban el entorno, de otro modo sombrío. En el taller, Maya encontraba consuelo en su arte, donde podía escapar momentáneamente de los confines de su celda y del peso de su pasado. Sus pinturas se convirtieron en una forma de expresión, una protesta silenciosa contra la injusticia que la había traído aquí.

Alex Thompson, en su búsqueda por reunir un equipo capaz de ejecutar un audaz plan de escape, había observado a Maya desde lejos. Notó su meticulosa atención al detalle y la finura con la que manejaba sus pinceles. La reputación de Maya la precedía: era conocida no solo por su arte, sino también por su ingenio en adquirir materiales para sus creaciones.

Un día, mientras Maya pintaba meticulosamente un mural que representaba un paisaje sereno, Alex se acercó a ella con cautela. Comprendía la delicada naturaleza de su conversación, sabiendo que Maya era cautelosa con los forasteros y sus intenciones.

"Maya, necesito tu ayuda," comenzó Alex, su voz calmada pero sincera.

Maya hizo una pausa, su pincel suspendido sobre la pared mientras se giraba para mirarlo. Sus ojos oscuros lo escrutaban, evaluándolo con la práctica atención de alguien que había aprendido a confiar solo en sus instintos. "¿Y por qué debería ayudarte?" preguntó, su tono cauteloso pero no despectivo.

"Porque sé lo que es ser acusado falsamente," respondió Alex, manteniendo su mirada sin titubear. "Juntos, podemos limpiar nuestros nombres y encontrar justicia."

Maya consideró sus palabras con cuidado. Había visto innumerables planes y promesas desmoronarse dentro de esas paredes, pero algo en la actitud de Alex resonaba en ella. Hablaba de redención, de una oportunidad para reescribir sus destinos. Lentamente, dejó caer su pincel, la tensión en sus hombros disminuyendo un poco.

"Está bien, Alex," dijo Maya, su voz suave pero decidida. "Pero más vale que esto valga el riesgo."

Alex asintió, sintiendo un peso levantarse de su pecho. "Lo hará. Tus habilidades en falsificación y arte son cruciales para nuestro plan. Con tu talento, podemos crear las distracciones que necesitamos y falsificar los documentos para que este escape sea posible."

Una pequeña sonrisa se dibujó en los labios de

Maya, una rara muestra de calidez en medio de la fría realidad de la prisión. "Entonces, pongámonos a trabajar," dijo, su voz transmitiendo un matiz de determinación que coincidía con la de Alex.

En un rincón tranquilo del patio de la prisión, lejos de las miradas curiosas de los guardias, el equipo se reunió por primera vez bajo el tenue resplandor de una luz parpadeante. Alex desplegó los planos en el suelo agrietado, las siluetas proyectando sombras largas en la penumbra.

"No solo estamos escapando," comenzó Alex, su voz llevando un tono decidido. "Estamos recuperando nuestras vidas. Lily, tus habilidades de hacking serán nuestra clave para superar barreras digitales. Ethan, tu entrenamiento militar nos ayudará a enfrentar los desafíos físicos. Y Maya, tu experiencia en falsificación será crucial para elaborar los documentos que necesitamos."

Lily asintió, sus dedos tamborileando ligeramente sobre su rodilla como si estuviera mapeando mentalmente caminos a través de redes invisibles. "Estoy lista," afirmó, su voz firme y resuelta.

Ethan, con su postura rígida por la disciplina militar, asintió en acuerdo. "Hagámoslo," dijo, su voz baja pero firme.

Maya observó al grupo con una expresión imperturbable, sus pensamientos ocultos detrás de una máscara de calma. "Supongo que no tengo nada que perder," comentó finalmente, su tono sugiriendo tanto precaución como disposición. "Hagámoslo."

A medida que profundizaban en la planificación, cada miembro del equipo compartió su historia, revelando destellos de sus vidas antes del encarcelamiento. Lily relató sus días como una hábil hacker, atraída por un mundo de desafíos virtuales y exploits clandestinos. Ethan habló de su servicio militar, marcado por el honor y una decisión fatídica que lo llevó a su encarcelamiento. Maya, con palabras medidas, detalló su pasado en el oscuro mundo de la falsificación artística, donde talento y riesgo se entrelazaban en cada pincelada.

Sus historias entrelazaron hilos de resiliencia y desafío, formando lazos de determinación compartida en medio de las duras confines de la prisión. Estrategizaron en tonos apagados, mapeando rutas de escape y contingencias, atentos a los ojos siempre vigilantes de los guardias.

"Necesitaremos evadir la vigilancia," señaló Ethan, su mirada barriendo el perímetro. "El momento será crucial."

Lily asintió, ya diseccionando mentalmente los protocolos de seguridad digital de la prisión. "Puedo acceder a las cámaras de seguridad, crear puntos ciegos," sugirió, su voz segura con la confianza de su experiencia.

Maya intervino, su tono reflexivo. "Y puedo falsificar los documentos necesarios—identificaciones, pases—que nos permitirán pasar por los controles sin ser notados," añadió, sus dedos trazando líneas imaginarias de firmas intrincadas.

Alex escuchó, absorbiendo sus ideas y

contribuciones con una intensa quietud. "Nos moveremos bajo la cobertura de las inspecciones rutinarias," propuso, delineando un plan que aprovechaba los ritmos predecibles de la vida en prisión a su favor. "Con calma, de manera metódica—cada paso acercándonos más a la libertad."

Capítulo 3

Conexiones Internas

En la prisión de alta seguridad, Alex Thompson estaba sentado en su litera, sumido en pensamientos mientras reflexionaba sobre los desafíos logísticos que tenía por delante. Cada miembro de su equipo—Lily Harper, Ethan Reynolds y Maya Rodríguez—estaba alojado en diferentes partes de la prisión, aislados entre sí por el complejo diseño destinado a prevenir la comunicación y la coordinación entre los internos.

Alex había memorizado meticulosamente los planos de la prisión, sabiendo que la distancia entre sus celdas representaba un desafío significativo. Sin embargo, tenía un plan. Durante su tiempo asignado en el patio, Alex tenía la intención de transmitir sutilmente un medio de comunicación a cada miembro del equipo. Había ideado un sistema utilizando gestos inocuos y rutinas que no despertarían sospechas entre los guardias, pero que transmitirían información crucial entre ellos.

Lily Harper estaba sentada en la esquina de la biblioteca de la prisión, su estación de trabajo designada equipada con una modesta computadora de escritorio. La biblioteca, un santuario tranquilo en medio del caos controlado de la prisión, albergaba filas de estanterías y varios terminales de computadora reservados para fines educativos.

Bajo la atenta mirada de la Sra. Ramírez, la bibliotecaria de la prisión y instructora vocacional, Lily navegaba a través de un programa estructurado de formación vocacional. La Sra. Ramírez, una presencia severa pero justa, aseguraba que cada interno se adhiriera a las estrictas pautas que regían el uso de computadoras en la instalación.

La computadora en sí era un modelo estándar, despojado de conectividad a internet externa y restringido a una intranet localizada gestionada por el departamento de TI de la prisión. Este sistema permitía a internos como Lily participar en cursos básicos de alfabetización informática, aprendiendo habilidades esenciales como procesamiento de texto, gestión de hojas de cálculo y navegación por software educativo relevante para sus trayectorias vocacionales.

La sesión de capacitación de Lily era parte de una iniciativa más amplia destinada a equipar a los internos con habilidades prácticas que pudieran facilitar su reintegración en la sociedad al momento de su liberación. Mientras escribía en el teclado, la Sra. Ramírez se inclinaba de vez en cuando para ofrecer orientación sobre el formato de documentos o resolver problemas de software.

La sala estaba llena del suave zumbido de las computadoras y el ocasional susurro de páginas mientras otros internos revisaban la colección de la biblioteca. A pesar de las limitaciones de su entorno, la biblioteca ofrecía una apariencia de normalidad—un lugar donde el aprendizaje y el crecimiento personal aún podían florecer en medio de la dura realidad del encarcelamiento.

En el ambiente tenue de la biblioteca, Alex

Thompson se acercó cuidadosamente a Lily Harper, asegurándose de que sus movimientos no llamaran la atención indebida de los vigilantes de la prisión. Lily, absorta en su formación vocacional en el terminal de computadora, miró brevemente hacia arriba cuando Alex silenciosamente tomó asiento a su lado.

En los rincones tranquilos de la biblioteca, Lily y Alex elaboraron estrategias sobre cómo aprovechar el sistema de solicitud de libros para sus comunicaciones encubiertas.

"Lily," susurró Alex, su voz apenas audible entre el zumbido del equipo de la biblioteca. "Explícame cómo podemos usar el sistema de solicitudes de libros."

Lily asintió, sus dedos suspendidos sobre el teclado mientras explicaba: "He descubierto una manera de manipular el sistema de solicitudes de libros. Cuando Maya o Ethan envían una solicitud para un título específico, puedo interceptar y modificar la solicitud para codificar mensajes. Cada título de libro corresponderá a un mensaje o instrucción específica."

Los ojos de Alex brillaron con comprensión. "Entonces, Maya podría solicitar 'El Arte de Escapar', y eso podría significar que es hora de prepararse para una distracción."

Lily asintió en señal de acuerdo. "Exactamente. Ethan podría solicitar 'El Camino por Delante', señalando que estamos listos para avanzar con nuestro plan."

Alex sonrió, impresionado por la ingenio de Lily. "Es arriesgado, pero podría funcionar. Vamos a sincronizar nuestros códigos y asegurarnos de que Maya y Ethan entiendan el sistema."

Con un asentimiento decidido, comenzaron a trabajar, refinando su plan para usar títulos de libros inocuos como la clave para desbloquear su camino hacia la libertad dentro de los confines de la prisión de alta seguridad.

Su conversación, envuelta en la tranquilidad de la biblioteca y los sonidos rutinarios de teclear y pasar páginas, llevaba el peso de su misión compartida—coordinando sus esfuerzos de manera encubierta dentro del control estricto de la prisión. Cada palabra intercambiada entre Alex y Lily forjaba un vínculo crucial en su estrategia, subrayando la importancia de la confianza y la planificación estratégica mientras navegaban por los laberintos de los desafíos de su confinamiento.

Mientras Alex miraba a su alrededor, evaluando la proximidad de la bibliotecaria y la actividad de otros internos en la biblioteca, reafirmó su necesidad de precaución. Lily, hábil en maniobras dentro de los reinos digitales, ofrecía un conducto vital para sus mensajes— una línea de vida en medio de las limitaciones de su cautiverio compartido, donde cada plan susurrado y mensaje codificado traía la promesa de una eventual liberación.

Fuera de la biblioteca, Lily y Alex se enfrentaron a la tarea desalentadora de comunicarse con Maya y Ethan sin alertar a las autoridades de la prisión o a otros internos sobre sus planes. Cada paso fuera de la biblioteca requería una cuidadosa coordinación y sutileza para evitar sospechas.

Durante las actividades regulares, Alex y Lily mantenían una distancia deliberada entre ellos para no levantar sospechas. Durante el tiempo en el patio, se posicionaban sutilmente apartados, interactuando con diferentes grupos de internos mientras mantenían un ojo en Maya y Ethan. En la cafetería, se sentaban en mesas separadas pero a la vista uno del otro, intercambiando breves asentimientos y miradas casuales que enmascaraban su comunicación estratégica. Esta distancia intencional ayudaba a mantener la apariencia de normalidad mientras coordinaban encubiertamente sus planes con Maya y Ethan a través de los mensajes codificados en el sistema de solicitudes de libros.

En un golpe de fortuna, los cuatro se encontraron asignados a un raro detalle de trabajo comunitario en el taller de la prisión, lejos de la vigilancia habitual y bajo la mirada atenta pero menos vigilante de los guardias. Alex, Lily, Maya y Ethan intercambiaron miradas cómplices mientras aprovechaban esta oportunidad inesperada para discutir sus planes de escape.

El taller zumbaba con actividad, el clamor de herramientas y maquinaria proporcionando una apariencia de cobertura para su conversación. Lily, siempre la estratega, tomó la delantera, su voz baja pero clara mientras delineaba su método de comunicación a través del sistema de solicitudes de libros.

"Maya, Ethan," comenzó, atrayendo su atención con una mirada sutil. "Alex y yo hemos encontrado una manera de comunicarnos discretamente."

Maya levantó una ceja, su curiosidad despertada. "¿Cómo?" preguntó, su voz cautelosa pero ansiosa por una solución.

Lily asintió hacia Alex, quien estaba a su lado, antes de continuar. "Vamos a usar el sistema de solicitudes de libros en la biblioteca. Cuando envíen una solicitud para un título específico, yo la interceptaré y la modificaré para transmitir mensajes usando títulos codificados."

Alex intervino, reforzando la explicación de Lily. "Por ejemplo," añadió, "si solicitan 'El Arte del Camuflaje', podría significar que necesitamos integrarnos durante una inspección rutinaria. O 'Un Lugar Silencioso' podría señalar la necesidad de silencio durante un momento crítico."

Ethan asintió pensativamente, su mirada desplazándose entre Alex y Lily. "¿Cómo aseguramos que esto pase desapercibido?" preguntó, resonando la preocupación de Maya.

Lily respondió con una sonrisa tranquilizadora, su confianza inquebrantable. "Lo he probado discretamente. El sistema está diseñado para manejar solicitudes automatizadas sin llamar la atención, siempre y cuando mantengamos nuestros mensajes breves y los integremos en las operaciones rutinarias de la biblioteca."

Maya, visiblemente impresionada por su ingenio, asintió en señal de acuerdo. "Es arriesgado, pero podría funcionar," reconoció, entendiendo la necesidad de su plan de comunicación encubierta en su búsqueda de libertad.

Al día siguiente, en el horario asignado para el uso de la biblioteca, Alex, Lily, Maya y Ethan se encontraron en los tranquilos confines de la biblioteca, cada uno absorto en sus respectivas tareas mientras observaban sutilmente los movimientos de los guardias. Era una convergencia rara, una oportunidad que sabían que debían aprovechar para avanzar en sus planes de escape.

Alex, sentado en un terminal cerca de la parte trasera de la biblioteca, inició sesión cuidadosamente en el sistema de solicitudes de libros. Con eficiencia práctica, seleccionó el título "Planos de la Libertad" y envió la solicitud. Este título, acordado de antemano, servía como su señal codificada para iniciar una discusión sobre el plan de escape detallado—específicamente, el diseño y las posibles rutas de escape, posiblemente involucrando túneles o caminos estratégicos fuera de la prisión.

Mientras Alex confirmaba la solicitud, su corazón latía con el peso de sus ambiciones compartidas y los riesgos que enfrentaban. Miró a Lily, Maya y Ethan, que estaban estratégicamente posicionados cerca, cada uno manteniendo una apariencia exterior de normalidad mientras estaban atentos al plan que se desarrollaba.

Lily, observando atentamente las acciones de Alex, interceptó la solicitud en su propio terminal. Reconociendo la importancia de "Planos de la Libertad", rápidamente formuló un plan para reunir al grupo sin llamar la atención innecesaria. Con un sutil asentimiento hacia Maya y Ethan, les indicó que se unieran a ella y Alex en una sección designada de la biblioteca donde pudieran conferenciar discretamente.

Mientras sacaban libros de las estanterías en la tenue luz de la biblioteca, Alex cuidadosamente desplegó el plano desgastado sobre la mesa. Su ceño se frunció ligeramente mientras trazaba las líneas con su dedo, delineando su ruta de escape.

"Está bien," comenzó Alex, su voz en un susurro pero decidida, "según los planos, hay un túnel abandonado debajo de la instalación. Es nuestra salida de aquí. Pero," miró a los demás reunidos a su alrededor, "hay dos maneras de llegar a él."

Alex procedió a delinear sus opciones: "Primero, podemos intentar burlar los sistemas de seguridad. El plano indica dónde se encuentran los controles principales. No será fácil, pero es posible con las herramientas y el momento adecuados."

"Alternativamente," continuó, señalando otra sección del plano, "podríamos excavar un túnel desde nuestra celda para conectar con el túnel abandonado de abajo. Tomará tiempo y esfuerzo, pero podría ser menos arriesgado que enfrentar la seguridad de frente."

Maya asintió pensativamente, su mente ya trabajando en la logística de cada plan. Ethan se inclinó más cerca, su expresión seria mientras sopesaba las opciones. Sabían que su ventana de oportunidad era estrecha y cada decisión contaba.

Lily miró a su alrededor en la biblioteca, asegurándose de que no habían atraído ninguna atención no deseada. Satisfecha de que seguían sin ser notados, se volvió hacia el grupo. "Tomemos una decisión rápidamente. El tiempo no está de nuestro lado."

Después de deliberar sobre el plano en el rincón apartado de la biblioteca, el grupo decidió su curso de acción. Ethan, aprovechando su experiencia militar, asumió el liderazgo en la adquisición de las herramientas necesarias y la elaboración de un enfoque estratégico tanto para burlar los sistemas de seguridad como para preparar la excavación del túnel.

Evaluó rápidamente los riesgos y oportunidades que presentaba cada opción, aprovechando su formación en planificación táctica y gestión de recursos. Ethan entendía la importancia del momento y la precisión, elementos esenciales de su experiencia militar que podrían hacer o deshacer su escape.

Alex y Lily brindaron apoyo crítico, coordinándose con Ethan para reunir información y finalizar la logística. Alex procuró herramientas y equipos específicos a través de canales discretos, utilizando su conocimiento de los entresijos de la instalación. Lily, hábil en comunicación y criptografía, se aseguró de que sus planes permanecieran confidenciales, utilizando sus habilidades para establecer canales seguros para mensajes encriptados entre el grupo.

Mientras tanto, Maya ayudó a Ethan a preparar su celda para la excavación del túnel. Con la guía de Ethan, ella trazó meticulosamente el punto de partida y la ruta para conectar con el túnel abandonado. Ethan utilizó su experiencia militar para idear un plan para excavar en silencio y de manera eficiente, utilizando herramientas y técnicas improvisadas que minimizaran el riesgo de detección.

Después de su detallada discusión en la biblioteca, el grupo finalizó sus roles y responsabilidades para su plan de escape. Alex, con su habilidad para reunir información, se encargó de explorar los puntos débiles y las vulnerabilidades de la prisión. Usando su encanto y capacidad para integrarse, se acercó discretamente a otros reclusos e incluso a ciertos miembros del personal que podrían revelar involuntariamente detalles críticos sobre la configuración de seguridad de la instalación.

Mientras tanto, Lily, conocida por sus agudas

habilidades de observación, asumió el papel de monitorear a los guardias y los sistemas de vigilancia. Seguía meticulosamente las rutas de patrullaje, los cambios de turno y los puntos ciegos en la cobertura de seguridad de la instalación. Lily también mantenía un ojo vigilante en cualquier desarrollo que pudiera poner en peligro su escape, como inspecciones inesperadas o medidas de seguridad elevadas.

Maya, aprovechando su ingenio y atención al detalle, se enfocó en reunir información precisa sobre la profundidad y viabilidad de excavar túneles desde cada celda. Estudió el diseño de la instalación, identificando puntos de partida óptimos y posibles obstáculos que podrían afectar sus esfuerzos de excavación. Maya midió meticulosamente distancias y evaluó la integridad estructural de las paredes de la prisión, asegurándose de que su ruta de escape siguiera siendo viable y no detectada.

Ethan, aprovechando su experiencia militar y pensamiento estratégico, se dedicó a analizar cómo se podían burlar los sistemas de seguridad. Estudió el plano de las defensas electrónicas y físicas de la instalación, identificando debilidades que podrían ser explotadas. Ethan también ideó planes de contingencia y rutas alternativas en caso de que su estrategia principal encontrara obstáculos inesperados.

A medida que se dispersaron para llevar a cabo sus respectivas tareas, el grupo mantuvo una comunicación discreta a través de mensajes encriptados y canales seguros establecidos por Lily. Cada miembro entendía el papel crítico que desempeñaba en el éxito de su plan de escape, confiando en sus habilidades y experiencias únicas para superar los desafíos que se presentaran.

Los días se convirtieron en noches mientras recopilaban meticulosamente información y se preparaban para su audaz fuga. Con cada momento que pasaba, su determinación se fortalecía, impulsada por el deseo compartido de recuperar su libertad dentro de los muros de la prisión.

Durante los días siguientes, los cuatro mantuvieron deliberadamente sus interacciones al mínimo para evitar levantar sospechas. Alex, Lily, Maya y Ethan se concentraron intensamente en sus tareas asignadas, trabajando diligentemente dentro de sus celdas o explorando discretamente la instalación por su cuenta.

Alex pasó horas ganándose la confianza de los reclusos y sondeando sutilmente a los guardias en busca de información sobre las vulnerabilidades de la prisión. Mantuvo una actitud casual, integrándose perfectamente en las rutinas diarias mientras recopilaba encubiertamente valiosa información que podría ayudar en su escape.

Lily monitoreó meticulosamente los movimientos de los guardias y los sistemas de vigilancia, anotando patrones y posibles puntos ciegos. Hizo notas mentales de cualquier cambio en la rutina o protocolos de seguridad, asegurándose de estar siempre un paso adelante en la anticipación de los desafíos que pudieran surgir.

Maya, decidida y metódica, dedicó su tiempo a estudiar el diseño estructural de la prisión. Armada con herramientas de medición improvisadas y un ojo agudo para el detalle, reunió datos sobre la profundidad requerida para excavar desde cada celda hasta el pasaje subterráneo abandonado. Maya documentó meticulosamente sus hallazgos, refinando sus cálculos con cada nueva pieza de información.

Ethan, con su mentalidad militar y agudeza estratégica, se sumergió en el análisis de los sistemas de seguridad. Estudió el plano y cualquier información adicional recopilada, ideando posibles brechas y planes de contingencia para sortear las barreras electrónicas y físicas que se interponían entre ellos y la libertad.

A lo largo de este período, mantuvieron una

distancia cuidadosa entre ellos en los espacios públicos, intercambiando solo breves asentimientos o miradas furtivas para transmitir solidaridad sin levantar sospechas. Su objetivo compartido los unió en silencio, cada uno confiando en la competencia y dedicación de los demás a sus roles.

Mientras trabajaban incansablemente hacia su objetivo común, la tensión dentro de los muros de la prisión parecía intensificarse. Sin embargo, a pesar de los desafíos y el peso de la incertidumbre, sus esfuerzos individuales se unieron en un plan cohesivo, acercándolos poco a poco al momento crucial en el que su meticulosa fuga se llevaría a cabo.

En la penumbra de su celda, Alex se inclinó hacia adelante mientras los reclusos susurraban conspiratoriamente.

Recluso 1: "He oído hablar de estos viejos túneles de mantenimiento. Se supone que corren por debajo de todo el complejo."

Alex: "¿Túneles de mantenimiento? ¿Cómo accedemos a ellos?"

Recluso 2: "Bueno, he oído que hay una trampilla cerca del ala este. Se supone que está desbloqueada durante ciertas horas de mantenimiento."

Alex: "¿Y la seguridad? ¿Qué tan estricta es allí abajo?"

Recluso 1: "No es tan mala como aquí arriba. Menos cámaras, menos patrullas. Pero tienes que ser rápido."

Alex asintió, mapeando mentalmente los posibles puntos de entrada y las vulnerabilidades de seguridad.

Mientras tanto, Lily observaba meticulosamente las rutinas de los guardias y los patrones de vigilancia desde su posición.

Lily (para sí misma, anotando horarios y rutas): "El Guardián A hace su ronda cada 15 minutos. La cámara 5 tiene un punto ciego cerca de la pared oeste de 2 a 3 AM."

Escribió notas en su diario oculto, asegurándose de tener cada detalle documentado para referencia futura.

En su celda, Maya se sentó con un lápiz y una regla, midiendo distancias y calculando la profundidad necesaria para excavar desde cada celda hasta conectarse con los túneles de mantenimiento abandonados.

Maya (murmurando para sí misma): "La celda 12 hasta la entrada del túnel más cercana es aproximadamente de 30 metros. Eso significa que tendremos que excavar al menos 4 metros hacia abajo para alcanzarlo. Considerar el tipo de suelo y la estabilidad..."

Ajustó sus cálculos, refinando el plano que había esbozado anteriormente con medidas precisas.

Al mismo tiempo, Ethan revisaba meticulosamente el plano de seguridad, su mente acelerada a través de posibles escenarios de brecha.

Ethan (trazando una ruta en el plano): "Si desactivamos el sistema de alarmas aquí y cortamos la electricidad a esta sección temporalmente..."

Escribió fórmulas y diagramas, combinando su conocimiento táctico con los detalles específicos recopilados de Alex, Lily y Maya.

Capítulo 4

Comienza la Infiltración

Dentro de la prisión de máxima seguridad, un laberinto de concreto y acero, Alex, Lily, Maya y Ethan estaban confinados en celdas separadas, aislados por la formidable arquitectura de la prisión diseñada para prevenir cualquier forma de comunicación o coordinación entre los reclusos. Cada uno de ellos estaba solo, contemplando el audaz plan de escape que tenían por delante, sus pensamientos consumidos por los intrincados detalles y los riesgos que enfrentaban.

Celda de Alex:

Alex se sentó al borde de su litera, su mirada fija en la ventana enrejada que ofrecía un estrecho vistazo al mundo exterior. Las paredes parecían cerrarse a su alrededor, pero su mente estaba centrada en el plano que Maya había dibujado meticulosamente, detallando las profundidades y rutas necesarias para excavar túneles desde sus celdas hasta un pasaje de mantenimiento abandonado debajo de la prisión.

"Esta noche," murmuró para sí mismo, las palabras un mantra silencioso de determinación. "Esta noche, comenzamos."

Rastreó un dedo sobre el plano, imaginando el camino hacia la libertad que estaban a punto de labrar bajo la atenta mirada de los guardias. Cada trazo del lápiz de Maya había mapeado una línea de vida—una ruta que prometía liberación si podían simplemente atravesar la fortaleza de tierra y piedra que los mantenía cautivos.

Celda de Lily:

En otro ala de la prisión, Lily estaba sentada con las piernas cruzadas en su litera, una pequeña linterna iluminando el mapa improvisado extendido frente a ella. Su mente corría con cálculos y contingencias, su mano moviéndose con propósito mientras marcaba los puntos estratégicos donde comenzarían sus túneles.

"Comenzaremos con las picas," murmuró en voz baja, su voz apenas audible en el opresivo silencio de su celda. "Silencio y precisión." Lily conocía los riesgos—todos lo sabían. Pero la urgencia de su situación la impulsaba, alimentando su determinación de tener éxito donde otros habían fracasado. Los túneles serían su línea de vida, su camino hacia la libertad forjado en la oscuridad bajo la implacable superficie de la prisión.

Celda de Maya:

Maya estaba sentada con la espalda apoyada contra la fría pared de piedra, un lápiz desgastado en la mano mientras recalculaba meticulosamente las medidas de los túneles. Sus ojos estaban fijos en el plano extendido frente a ella, las líneas y números grabados en el papel un testimonio de su habilidad y determinación.

"Necesitamos excavar al menos tres metros de profundidad," murmuró, su voz teñida de un toque de urgencia. "Y angulando hacia el túnel de mantenimiento. Es nuestra mejor oportunidad."

Maya había estudiado la integridad estructural de las paredes de la prisión, identificando puntos débiles y posibles obstáculos que podrían poner en peligro su escape. Sus cálculos eran precisos, un reflejo de su compromiso inquebrantable con su causa compartida.

Celda de Ethan:

A través del complejo penitenciario, Ethan estaba de pie junto a la estrecha ventana de su celda, su mirada fija en el horizonte distante. Su mente era un torbellino de planificación táctica y maniobras estratégicas, su entrenamiento militar guiando cada decisión que tomaba.

"Excavaremos en turnos," murmuró para sí mismo, su voz un bajo murmullo contra el trasfondo de pasos resonando en el corredor exterior. "Silencio y eficiencia. Sin margen de error."

Ethan conocía la importancia de la precisión—su

escape dependía de ello. Había evaluado las herramientas que necesitarían, el momento de su excavación y los riesgos potenciales que enfrentarían. Su determinación ardía intensamente, un faro de esperanza en medio de las sombras de su confinamiento.

A medida que se acercaba la hora del almuerzo, los cuatro conspiradores navegaban por los bulliciosos corredores de la prisión con la facilidad de quienes tienen práctica, sus movimientos calculados para evadir sospechas mientras convergían en la cafetería—un amplio salón lleno de filas de mesas y bancos donde los reclusos se reunían bajo la atenta mirada de los guardias uniformados.

Alex, Lily, Maya y Ethan intercambiaron miradas fugaces, un silencioso reconocimiento de su resolución compartida. Se reunieron en una mesa en un rincón apartado, sus voces suaves mientras discutían los detalles de su audaz plan. "Comenzamos esta noche," anunció Alex, su tono firme a pesar de la gravedad de su situación.

"Maya, tus cálculos son nuestra guía. Lily, crearás la distracción durante el almuerzo. Ethan y yo recogeremos las herramientas que necesitamos del cuarto de suministros."

Lily asintió en señal de acuerdo, sus ojos brillando con determinación. "Desviaré la atención del cuarto de suministros," respondió en voz baja, su tono apenas por encima de un susurro. "Eso les dará a ustedes dos una ventana para reunir lo que necesitamos."

Ethan se encontró con su mirada y asintió en

reconocimiento, su mandíbula tensa con determinación.

"Nos moveremos rápidamente," afirmó, su voz impregnada de urgencia. "Sin errores."

La expresión de Maya era de resolución enfocada mientras revisaba el plano una vez más, memorizando las intrincadas rutas de escape. "Excavamos esta noche," declaró firmemente, su voz una tranquila afirmación de su determinación colectiva. "Juntos."

Y así, mientras las paredes de la prisión se alzaban a su alrededor y los guardias mantenían su vigilancia, Alex, Lily, Maya y Ethan forjaron un pacto de solidaridad—un vínculo que trascendía los confines de sus celdas y los unía en una audaz búsqueda de libertad.

Esta noche, bajo el manto de la oscuridad y la vigilancia silenciosa de las estrellas, emprenderían su viaje—un golpe de pica a la vez, labrando un camino hacia la liberación en el corazón de su prisión de máxima seguridad.

En el rincón apartado de la cafetería, Maya extendió el plano sobre la mesa, su dedo siguiendo las líneas intrincadas que mapeaban su ruta de escape. Miró a su alrededor con cautela, asegurándose de que su conversación se mantuviera discreta entre la actividad bulliciosa de la hora del almuerzo.

"Está bien," comenzó Maya, su voz baja pero resoluta. "Aquí está lo que he calculado basado en el diseño estructural de la prisión." Señaló puntos específicos en el plano, explicando cada detalle con precisión refinada a partir de horas de análisis meticuloso.

"Comenzaremos a excavar desde nuestras celdas," continuó Maya, su mirada alternando entre Alex, Lily y Ethan. "Cada túnel necesita tener al menos tres metros de profundidad para evitar ser detectado y angulado hacia el túnel de mantenimiento aquí."

Sus palabras fueron recibidas con asentimientos de comprensión por parte del grupo. Absorbieron sus instrucciones, comprometiendo cada detalle a la memoria mientras se preparaban para la noche que les aguardaba.

"Tenemos que tener cuidado," advirtió Maya, su tono grave reflejando el peso de su empresa. "Las paredes están reforzadas, pero hay puntos más débiles cerca de los ductos de ventilación y el acceso a la plomería. Ahí es donde centraremos nuestros esfuerzos."

Sus ojos se encontraron con los de ellos, una súplica silenciosa por unidad y determinación frente a la adversidad. Maya había volcado su experiencia en los cálculos, ofreciéndoles un camino hacia la libertad forjado a través del conocimiento y la planificación meticulosa.

Mientras tanto, al otro lado de la bulliciosa cafetería, Lily se movía con gracia deliberada, su presencia una sutil danza de distracción diseñada para desviar la atención del cuarto de suministros donde Alex y Ethan reunirían las herramientas que necesitaban para su excavación. Se comprometió en conversaciones casuales con otros reclusos, su risa resonando entre el choque de bandejas y el murmullo de voces. Los ojos de Lily escaneaban constantemente la sala, anotando las posiciones de los guardias y los obstáculos potenciales que podrían obstaculizar su plan.

A medida que se acercaba a la entrada del cuarto de suministros, Lily aumentó sutilmente su paso, su corazón latiendo con la adrenalina de la anticipación. Sabía la importancia del momento—los segundos podrían marcar la diferencia entre el éxito y el descubrimiento. Con un rápido vistazo por encima de su hombro para asegurarse de que la atención de los guardias permanecía fija en ella, Lily llegó a la puerta del cuarto de suministros. Se recargó casualmente contra la pared a un lado, fingiendo interés en un tablón de anuncios cercano mientras señalaba discretamente a Alex y Ethan.

"Ahora es su oportunidad," murmuró Lily en voz baja, su tono apenas audible entre el ruido ambiental de la cafetería. "Vayan."

Respondiendo a la señal de Lily, Alex y Ethan se movieron con precisión silenciosa, sus pasos amortiguados contra el suelo de linóleo mientras se deslizaban al cuarto de suministros sin ser vistos. Dentro, estantes repletos de herramientas y suministros les esperaban—un tesoro de recursos que ayudarían en su escape. Alex localizó inmediatamente las picas y palas que necesitarían, sus manos trabajando rápidamente para recoger los materiales esenciales mientras Ethan vigilaba la puerta.

"También agarra los guantes reforzados," susurró Ethan, su voz un murmullo apenas audible mientras escaneaba la sala en busca de señales de guardias que se acercaban. "Y las lámparas frontales."

Con eficiencia práctica, llenaron sus brazos con el equipo necesario, cuidando de no hacer ruido que pudiera delatar su presencia. Alex miró a Ethan, un reconocimiento silencioso de su progreso hasta ese momento, antes de que se dirigieran de regreso hacia la cafetería.

Después de asegurar las herramientas y suministros bajo su ropa, Alex y Ethan se apresuraron de regreso a sus respectivas celdas. Moviéndose con eficiencia práctica, navegaron por los corredores y evitaron a los guardias que pudieran quedar atrás, con cuidadoso timing y sigilo.

Al llegar a sus celdas, Alex y Ethan se deslizaron discretamente dentro. No perdieron tiempo en recuperar las herramientas ocultas de su ropa y distribuirlas a cada miembro del equipo. Maya, Lily y Ethan estaban esperando, sus camas ya preparadas para ocultar los suministros bajo los colchones y metidos en las esquinas donde las inspecciones rutinarias eran menos propensas a descubrirlos.

En silencio, pasaron las herramientas de mano en mano, asegurándose de que cada objeto estuviera bien escondido. Maya colocó meticulosamente las picas y palas bajo su cama, organizándolas junto a los guantes reforzados y las lámparas frontales. Lily, con su ojo agudo para los detalles, revisó cada escondite para asegurarse de que nada sobresaliera o llamara la atención.

Mientras trabajaban rápida pero metódicamente, la tensión en el aire era palpable. Cada miembro comprendía la gravedad de sus preparativos y la necesidad de un secreto absoluto. Alex y Ethan intercambiaron breves asentimientos de reafirmación al completar la tarea, confirmando que todo estaba oculto a su satisfacción.

Con las herramientas ahora escondidas de manera segura en sus celdas, retrocedieron, sus corazones latiendo con la anticipación de la noche que les esperaba. Esta operación encubierta subrayó su unidad y determinación, preparando el escenario para que su audaz plan de escape se desarrollara bajo la cobertura de la oscuridad.

A medida que la noche se asentaba sobre la prisión, proyectando largas sombras sobre las frías paredes de concreto, Alex, Lily, Maya y Ethan permanecían despiertos en sus celdas, con el corazón acelerado por una mezcla de ansiedad y determinación. Era el momento de poner en acción sus planes meticulosamente trazados. Cada miembro del equipo tenía un papel crucial en la próxima excavación, y sabían que el éxito de su escape dependía de una ejecución impecable.

En su celda, Alex revisó cuidadosamente el plano de la prisión una última vez con la tenue luz que se filtraba a través de la pequeña ventana alta cerca del techo. El diseño estaba grabado en su mente: la distancia hasta el túnel de mantenimiento abandonado, los posibles obstáculos que podrían encontrar y las áreas donde los sistemas de seguridad de la prisión eran más vulnerables.

Respiró hondo, preparándose para lo que vendría. Al ponerse los guantes reforzados y asegurar la lámpara frontal alrededor de su frente, Alex sabía que esa noche no solo se probaría su resistencia física, sino también su determinación de recuperar su libertad.

Al otro lado de la prisión, en su propia celda, Lily permanecía alerta. Desde su posición, vigilaba los movimientos de los guardias y los patrones de vigilancia. Sus ojos agudos escaneaban los pasillos y observaban el horario de los patrullas, asegurándose de que su escape permaneciera indetectado por los ojos siempre atentos de la seguridad de la prisión.

Con un pequeño cuaderno en mano, Lily anotaba detalles críticos: rutas de los guardias, puntos ciegos y la ventana de oportunidad que habían identificado para que cada miembro comenzara a excavar sin levantar sospechas. Su papel era crucial para asegurar que sincronizaran sus acciones con precisión, minimizando el riesgo de ser atrapados en el acto.

Mientras tanto, Maya revisaba meticulosamente sus cálculos una vez más. Usando una cinta de medir improvisada hecha de hilo y papel, había determinado la profundidad y el ángulo precisos necesarios para excavar desde su celda hasta intersectar con el túnel de mantenimiento abandonado.

Se posicionó en el punto de inicio designado, sus manos aferrándose al mango de la pica con determinación. Maya sabía que sus habilidades en precisión y paciencia serían puestas a prueba esa noche. Con cada golpe contra el duro suelo de la prisión, canalizaba su enfoque, transmitiendo su determinación para abrir un camino hacia la libertad.

En su propia celda, Ethan se preparó con la mentalidad estratégica pulida a través de años de entrenamiento militar. Revisó la alineación de la dirección del túnel con el plano, asegurándose de que su pasaje subterráneo los llevara a la seguridad y no a un peligro mayor.

Equipado con una pala y un plan para reforzar las paredes del túnel a medida que avanzaban, Ethan estaba listo para ejecutar su estrategia de escape a la perfección. Sus manos firmes y su enfoque disciplinado eran vitales mientras comenzaba a cavar en silencio, sabiendo que el éxito de su misión dependía de su capacidad para navegar las complejidades de su ruta subterránea.

A la hora señalada, cuando las patrullas de los guardias habían alcanzado su frecuencia mínima y la prisión estaba envuelta en la quietud de la noche, los cuatro miembros del equipo comenzaron su trabajo al unísono.

La pica de Alex golpeó el suelo de concreto de su celda con un golpe amortiguado, enviando vibraciones a través de sus brazos mientras rompía la primera capa de resistencia. Cada golpe era deliberado, destinado a atravesar el exterior duro sin crear un ruido excesivo que pudiera atraer atención no deseada.

Lily, en su celda cercana, mantenía su vigilancia atenta. Sus ojos saltaban entre su cuaderno y el tenue resplandor de la lámpara frontal de Alex visible a través de la estrecha abertura debajo de la puerta de su celda.

Anotaba el momento de cada golpe, asegurándose de que su excavación se mantuviera sincronizada con el horario planeado para minimizar el riesgo de ruidos superpuestos que pudieran delatar sus esfuerzos.

Maya, en su propia celda al otro lado de la prisión, trabajaba metódicamente. Con cada movimiento de su pica, rompía el sólido suelo, el sonido rítmico del metal contra el concreto resonando débilmente en el espacio confinado. Pausaba de vez en cuando para consultar sus medidas, ajustando su ángulo y profundidad para mantenerse en camino hacia el camino imaginado hacia la libertad.

Ethan, igualmente enfocado, excavaba en silencio desde su celda adyacente a la de Maya. Sus movimientos eran precisos, la pala mordiendo el suelo con fuerza calculada mientras despejaba los escombros. Comprobaba periódicamente la integridad estructural de su túnel, reforzando puntos débiles con soportes improvisados fabricados con materiales que había recogido previamente del cuarto de suministros.

A medida que avanzaba la noche, los túneles comenzaron a tomar forma bajo la formidable estructura de la prisión. Cada miembro del equipo trabajaba con una determinación inquebrantable, su objetivo compartido de escapar impulsándolos a seguir adelante a través del esfuerzo físico y el agotamiento mental.

El túnel de Alex progresaba de manera constante, el espacio ensanchándose con cada laboriosa hora de excavación. De vez en cuando, hacía una pausa para recuperar el aliento, secándose el sudor de la frente mientras contemplaba la creciente extensión del pasaje que los llevaría a la libertad.

La vigilancia meticulosa de Lily resultó invaluable. Sus observaciones agudas y su rápida capacidad de reacción alertaron al equipo sobre un cambio inesperado en las rotaciones de los guardias, permitiéndoles ajustar su horario de excavación para evitar ser detectados.

Los cálculos de Maya resultaron precisos a medida que se acercaba a la intersección crítica donde su túnel se cruzaría con el de Ethan. Con una precisión medida, ajustó su trayectoria para garantizar una conexión sin problemas, reforzando las paredes del túnel con soportes improvisados para mantener la integridad estructural.

Ethan, siempre el estratega, dirigió la colocación de las vigas de soporte y despejó escombros con una eficiencia nacida de su entrenamiento militar. Sus manos firmes y su enfoque inquebrantable fueron fundamentales para mantener el impulso de su progreso, a pesar de los desafíos físicos y la constante amenaza de ser descubiertos.

A lo largo de la noche, se encontraron con obstáculos imprevistos: una capa obstinada de concreto reforzado, cambios inesperados en la composición del suelo y momentos de casi detección cuando los pasos de un guardia se acercaban demasiado para estar cómodos. Sin embargo, su determinación nunca flaqueó.

Se comunicaban a través de gestos sutiles y se intercambiaban breves asentimientos de aliento mientras trabajaban en casi oscuridad, iluminados solo por el tenue resplandor de las lámparas frontales y el ocasional parpadeo de una linterna para revisar su progreso.

En las primeras horas de la mañana, sus esfuerzos dieron frutos. El túnel de Alex rompió la barrera final, conduciendo al pasaje de mantenimiento abandonado bajo la prisión. La vigilancia de Lily aseguraba que evitaran ser detectados, la planificación meticulosa de Maya los mantenía en camino y la supervisión estratégica de Ethan los guiaba a través de los desafíos.

Juntos, se encontraron en el umbral de su nuevo camino hacia la libertad, con el corazón latiendo de alivio y anticipación. Los túneles, un testimonio de su unidad y resiliencia, representaban no solo una ruta de escape física, sino también un triunfo de su espíritu indomable contra las limitaciones de su cautiverio.

Mientras se reunían en la intersección de sus túneles, intercambiando sonrisas cansadas pero triunfantes, Alex habló en voz baja, su tono lleno de gratitud y resolución: "Hemos llegado hasta aquí juntos. Ahora, terminemos lo que comenzamos."

Con renovada determinación, se prepararon para embarcarse en la siguiente fase de su audaz plan de escape, listos para enfrentar cualquier desafío que se presentara mientras navegaban por los pasajes laberínticos hacia la promesa de un futuro más allá de las paredes de la prisión.

Capítulo 5

Complicaciones Inesperadas

La primera luz del amanecer comenzó a filtrarse por las estrechas ventanas de sus celdas, proyectando un tenue y etéreo resplandor sobre los cuatro prisioneros. Alex yacía en su catre, con los músculos adoloridos por el trabajo de la noche, pero su mente estaba alerta. Sabía que estaban al borde de algo monumental.

Sus pensamientos regresaron al plan que habían elaborado meticulosamente a lo largo de semanas de conversaciones susurradas y momentos robados. Cada miembro del equipo tenía un papel que desempeñar, y cada paso debía ejecutarse con precisión.

En las celdas vecinas, Maya, Lily y Ethan estaban

igualmente exhaustos, pero llenos de energía por el progreso que habían logrado. La noche había sido larga, pero la tangible sensación de la tierra cediendo a sus esfuerzos era un recordatorio constante de su objetivo compartido: la libertad.

Fue Alex quien primero rompió la última capa de concreto hacia el pasaje de mantenimiento abandonado. Se detuvo, sintiendo un soplo de aire fresco y rancio en su rostro. Era el olor de la libertad, aunque estuviera manchado de moho y abandono. Gateando por el estrecho pasaje, se arrastró hacia el corredor y se puso de pie, observando los alrededores con una mezcla de alivio y anticipación.

El corredor estaba tenuemente iluminado, las paredes forradas de tuberías oxidadas y cables en descomposición. El suelo estaba frío y húmedo bajo sus manos, y sintió un escalofrío de emoción. Este era el momento por el que habían trabajado tan duro.

Poco después, el túnel de Maya se conectó al mismo corredor. Ella emergió con gracia, su rostro manchado de tierra pero radiante de triunfo. Sus cálculos precisos la habían guiado perfectamente.

"Buen trabajo, Maya," dijo Alex, ofreciéndole una sonrisa orgullosa.

A continuación, apareció Lily. Su rostro, normalmente tan sereno, ahora mostraba una mezcla de alivio y determinación. "Lo logramos," susurró, más para sí misma que para los demás.

Finalmente, Ethan salió de su túnel, su expresión disciplinada suavizándose en una rara sonrisa. "Está bien, veamos a dónde nos lleva esto," dijo, con voz firme y fuerte.

Reunidos en el dimly iluminado corredor de mantenimiento, el equipo sintió un renovado sentido de propósito. El pasaje se extendía ante ellos, un laberinto de sombras y descomposición.

"Vamos," dijo Alex, tomando la delantera. Su lámpara frontal proyectaba un estrecho haz de luz, guiándolos a través de la oscuridad. Cada paso resonaba en el silencio escalofriante, amplificando su presencia en el espacio olvidado.

Mientras caminaban, el pasaje se torcía y giraba, revelando signos de su estado de abandono—paredes desmoronadas, luces rotas y montones de escombros. Sin embargo, en medio de la descomposición, había una inconfundible sensación de potencial.

Maya consultó un boceto aproximado que había hecho del submundo de la prisión. "Si mis cálculos son correctos, esto debería llevarnos al túnel principal que corre por debajo de las paredes exteriores," dijo, su voz calmada y tranquilizadora.

Después de lo que pareció una eternidad navegando por los pasajes laberínticos, apareció un tenue destello de luz a lo lejos. El ritmo del equipo se aceleró, sus respiraciones se volvieron emocionadas. La luz se hacía más brillante, y sus esperanzas se elevaban.

Pero justo cuando se acercaban a la fuente, los agudos instintos de Lily se activaron. Se congeló, levantando la mano en una señal silenciosa para que los demás se detuvieran. "Pasos," susurró, su voz apenas audible.

Todos se esforzaron por escuchar, y efectivamente, el sonido distante de pasos que se acercaban resonó por el túnel. El pánico se apoderó de ellos, pero lucharon por mantener la calma.

"De vuelta a las celdas, ahora," instó Lily. "No podemos arriesgarnos a ser atrapados aquí."

Se dieron la vuelta y retrocedieron lo más rápido y silenciosamente posible. El pasaje parecía más largo en su frenética huida, cada sombra y sonido amplificados por sus sentidos agudizados.

Al llegar a la entrada de sus túneles, se separaron, cada uno regresando a su celda respectiva. Alex se arrastró de vuelta por el estrecho pasaje, con el corazón latiendo en sus oídos. Una vez dentro de su celda, cubrió apresuradamente la entrada del túnel con su cama, acomodando su manta y almohada para ocultar cualquier señal de disturbio.

En su celda, Maya hizo lo mismo, utilizando una combinación de su ropa de cama y algunas prendas sueltas para ocultar la entrada. Alisó todo meticulosamente, asegurándose de que se viera sin alteraciones.

Lily y Ethan siguieron el mismo patrón, cada uno escondiendo la evidencia de su ruta de escape bajo sus camas. Se movieron con eficiencia practicada, impulsados por la urgencia de los pasos que se acercaban.

Justo cuando terminaron de ocultar sus túneles, los guardias llegaron en su ronda. Alex yacía en su cama, fingiendo dormir, con el corazón golpeando en su pecho. Podía escuchar el tenue tintineo de llaves y las voces apagadas de los guardias mientras avanzaban por el corredor.

En su celda, Lily escuchaba atentamente, con cada nervio a flor de piel. Los pasos de los guardias se hacían más fuertes, luego se detuvieron justo fuera de su celda. Contuvo la respiración, con los ojos fijos en el techo mientras el guardia asomaba la cabeza dentro.

Después de lo que pareció una eternidad, los pasos se alejaron. Los guardias continuaron su ronda, ajenos a las rutas de escape ocultas justo debajo de las camas de los prisioneros.

La primera luz del amanecer se filtró en sus celdas, proyectando un tenue resplandor sobre los prisioneros exhaustos pero decididos. Cada miembro del equipo sabía la importancia de mantener su rutina habitual para evitar despertar sospechas. Habían llegado demasiado lejos para permitir que un error descuidado pusiera en peligro su escape.

Alex fue el primero en levantarse, estirando sus músculos adoloridos. La adrenalina de la noche de excavación se había desvanecido, dejando un dolor sordo, pero sabía que no podía permitirse mostrar signos de fatiga. Se salpicó un poco de agua en la cara desde el pequeño lavabo de su celda, arregló su cama y se preparó para el día que tenía por delante.

En la celda adyacente, Maya siguió una rutina similar. Se lavó cuidadosamente la tierra de las manos y la cara, y luego revisó su apariencia en el espejo agrietado. Su actitud calculada se mantenía intacta; no podía permitirse que los guardias notaran nada fuera de lo común.

Lily y Ethan, también, siguieron sus rituales matutinos con precisión practicada. La mente aguda de Lily y sus habilidades de observación guiaban cada uno de sus movimientos, mientras que la naturaleza disciplinada de Ethan lo mantenía enfocado en la tarea que tenía entre manos. Cada paso era deliberado, asegurándose de que se integraran sin problemas en el ritmo diario de la prisión.

La cafetería zumbaba con la actividad habitual de la mañana. Los prisioneros entraban, bandejas en mano, escaneando en busca de caras familiares o amenazas potenciales. Alex, Maya, Lily y Ethan recogieron su desayuno y se dirigieron a sus lugares habituales. No podían permitirse sentarse juntos y arriesgarse a llamar la atención, así que tomaron sus asientos entre los otros reclusos, manteniendo una sensación de normalidad.

Alex se sentó con un grupo de compañeros de prisión, participando en conversaciones casuales sobre los aspectos mundanos de la vida en prisión. Escuchaba atentamente, ofreciendo de vez en cuando un comentario, su mente siempre en funcionamiento, siempre planeando. Al otro lado de la habitación, Maya comía en silencio, sus ojos escaneando el lugar, anotando las posiciones y rutinas de los guardias.

Lily, siempre la observadora, charlaba con algunos conocidos, su actitud ligera y alegre. Sabía cómo mezclarse, cómo hacerse parecer poco notable.

Ethan, por su parte, comía con su habitual expresión estoica, su presencia imponiendo respeto y manteniendo a raya a los posibles alborotadores.

Después del desayuno, los prisioneros fueron llevados al patio para su tiempo de ejercicio asignado. El espacio abierto, rodeado de altas cercas y guardias vigilantes, ofrecía un breve respiro de la confinación de sus celdas.

Alex y Ethan se dirigieron hacia la zona de gimnasio improvisada, levantando pesas y entrenando junto a otros reclusos. Su destreza física era bien conocida, y la utilizaban a su favor, manteniendo su fuerza y aparentando normalidad.

Maya y Lily se dirigieron a la pista, caminando lado a lado, con una conversación casual y ligera. Sabían la importancia de esos momentos, no solo para el ejercicio físico, sino también para la oportunidad de observar y recopilar información.

Lily mantenía un ojo en los guardias, anotando sus patrones de patrullaje y cualquier cambio en sus rutinas. Su mente aguda catalogaba cada detalle, asegurándose de que su plan de escape siguiera siendo viable. Mientras tanto, Maya aprovechaba el tiempo para repasar mentalmente sus cálculos, asegurándose de que sus túneles estuvieran en el camino correcto.

Después del tiempo en el patio, se les permitió visitar la biblioteca. La pequeña sala, débilmente iluminada, ofrecía un refugio, un lugar donde podían perderse en los libros y escapar momentáneamente de la dura realidad de la vida en prisión.

Alex y Maya encontraron sus lugares habituales entre las estanterías, seleccionando libros que ofrecían tanto conocimiento como distracción. Alex eligió un libro sobre tácticas de escape antiguas, su mente siempre en busca de nuevas estrategias e ideas. Maya, siempre la artista, tomó un libro sobre historia del arte, dejando que sus dedos recorrieran las imágenes de obras maestras que anhelaba recrear.

Lily y Ethan también encontraron consuelo en la biblioteca. Lily se sintió atraída por las novelas de misterio, deleitándose con los tramas intrincadas y giros ingeniosos. Ethan eligió historia militar, su mente disciplinada encontrando consuelo en las historias de estrategia y honor.

La biblioteca les ofreció un breve respiro, una

oportunidad para reagruparse y prepararse mentalmente para la próxima fase de su plan. Sabían que mantener su rutina era crucial, pero sus pensamientos siempre regresaban a los túneles, a la promesa de libertad justo debajo de sus pies.

A lo largo del día, intercambiaron señales sutiles, sus miradas encontrándose brevemente, transmitiendo mensajes silenciosos de aliento y determinación. No podían permitirse comunicarse abiertamente, pero su vínculo era fuerte, su objetivo compartido los unía.

Alex se aseguraba de revisar a cada miembro del equipo durante el día, ofreciendo una palabra de aliento o un gesto tranquilizador. Sabía la importancia de la unidad, de mantener alto su ánimo y su resolución inquebrantable.

La naturaleza precisa de Maya guiaba cada uno de sus movimientos, asegurándose de que cada paso de su plan estuviera meticulosamente calculado. Revisaba su progreso, haciendo anotaciones mentales de cualquier ajuste que pudiera ser necesario.

Las habilidades de observación agudas de Lily los mantenían un paso adelante, su mente analizando y planeando constantemente. Observaba a los guardias, notando cualquier cambio en sus rutinas o comportamientos, asegurándose de que su plan de escape siguiera siendo viable.

El enfoque disciplinado de Ethan proporcionaba una influencia estabilizadora, su calma y mente estratégica guiándolos a través de cada desafío. Se mantenía concentrado en la tarea, con los ojos siempre puestos en el premio.

A medida que el día avanzaba, continuaron recopilando información y refinando su plan. Sabían que el empuje final requeriría una sincronización perfecta y una determinación inquebrantable.

Cada miembro del equipo desempeñaba un papel crucial, y no podían permitirse cometer errores. Durante el almuerzo, se chequeaban sutilmente entre ellos, con conversaciones ligeras y casuales para evitar sospechas. Sabían que su próximo movimiento sería crítico y necesitaban asegurarse de que todos estuvieran listos.

A medida que el día llegaba a su fin, regresaron a sus celdas, cada uno tomando un momento para reflexionar sobre el progreso que habían hecho. Los túneles estaban casi completos, y la fase final de su escape estaba al alcance.

Alex yacía en su cama, su mente llena de pensamientos y planes. Sabía que las noches venideras serían críticas, y se preparaba mentalmente para los desafíos que se avecinaban.

Maya revisó sus cálculos una vez más, asegurándose de que cada detalle estuviera contemplado. Su naturaleza precisa la guiaba, dándole confianza en su plan.

La mente aguda de Lily se mantenía enfocada, sus habilidades de observación perfeccionadas al máximo. Sabía que las rutinas de los guardias serían su mayor activo, y vigilaba cuidadosamente sus movimientos.

El enfoque disciplinado de Ethan lo mantenía tranquilo y concentrado, su mente estratégica siempre planeando y ajustando. Sabía que el empuje final requeriría una ejecución perfecta, y estaba listo para cualquier desafío que se presentara.

La prisión estaba envuelta en silencio, el vigilante nocturno recorriendo los pasillos con monótona regularidad. Los cuatro conspiradores yacían en sus camas, simulando dormir mientras esperaban el momento adecuado. Cuando el reloj marcó la medianoche, Alex se levantó silenciosamente de su catre y se dirigió a la pequeña ventana con barrotes de su celda. Asomándose, pudo ver la tenue silueta de la celda de Lily al otro lado del estrecho callejón. Levantó su mano y golpeó las barras dos veces—una señal acordada.

Lily, alerta como siempre, captó la señal de

inmediato. Se deslizó fuera de la cama, sus movimientos silenciosos y fluidos, y se acercó a su propia ventana. Respondió con dos golpes, indicando que estaba lista.

En sus respectivas celdas, Maya y Ethan también se prepararon. Conocían el plan y confiaban en el juicio de Alex. Silenciosamente, reunieron sus herramientas y se dirigieron a los túneles que habían cavado meticulosamente durante las noches pasadas.

Alex levantó la trampilla oculta debajo de su cama, revelando la oscura entrada a su túnel. Tomó su linterna, su haz débil pero suficiente para sus necesidades. Con una última mirada a su celda para asegurarse de que todo estuviera en su lugar, descendió a la tierra, las paredes del túnel frías y húmedas a su alrededor.

alrededor.

Lily hizo lo mismo, sus movimientos gráciles y precisos. Siempre había sido la más rápida y silenciosa entre ellos, su agilidad producto de años pasados en las calles antes de su encarcelamiento. Se movía a través del estrecho pasaje con facilidad, el suelo familiar bajo sus dedos.

Los dos túneles convergieron en un pasillo central, donde Maya y Ethan esperaban. Sus rostros estaban iluminados por la tenue luz de sus linternas, sombras danzando sobre sus expresiones decididas.

"Me alegra que hayas podido unirte a nosotros," susurró Maya, su voz apenas audible sobre el suave zumbido del subterráneo.

"Tenía que asegurarme de que los guardias estuvieran ocupados," respondió Alex, su tono calmado y sereno. "¿Estamos listos?"

Ethan asintió. "Vamos a hacer esto."

Los cuatro se movieron a través del pasillo central, sus linternas proyectando sombras inquietantes en las paredes del túnel. El aire era fresco y rancio, un marcado contraste con el sofocante calor de la prisión arriba. Navegaron por los giros y vueltas con facilidad practicada, sus exploraciones anteriores habiendo mapeado el camino en sus mentes.

A medida que se acercaban al final del pasillo, el aire se volvía más fresco, y una leve corriente de aire indicaba una apertura adelante. Su emoción era palpable, una mezcla de anticipación y ansiedad. Este era el momento por el que habían trabajado tan duro, la culminación de su cuidadosa planificación y esfuerzo incesante.

Maya, siempre la estratega, lideró el camino. Sostenía su linterna firmemente, su haz cortando la oscuridad. Su mente corría con cálculos y contingencias, su confianza inquebrantable a pesar de lo desconocido que tenían por delante.

Cuando finalmente llegaron al final del túnel, el grupo se detuvo. Ante ellos se alzaba la barrera que habían anticipado, una pesada reja de metal que marcaba el límite del túnel abandonado. Pero había algo más: un gran candado oxidado que aseguraba la reja. Era un giro que no habían planeado.

"Maldita sea," murmuró Ethan, su voz baja y tensa. "No contemplamos esto."

Lily se agachó, examinando el candado. "Es

viejo, pero está sólido. No podemos romperlo desde este lado."

La mente de Alex corría en busca de una solución. "Necesitamos encontrar otra manera. Debe haber algo que pasamos por alto."

Maya dio un paso atrás, el ceño fruncido en concentración. "Si podemos encontrar la llave o una forma de levantar el candado desde afuera, podríamos tener una oportunidad. Pero necesitaremos ser rápidos y cuidadosos. Los guardias notarán si tardamos demasiado."

Alex asintió, su determinación firme. "Nos dividiremos. Ethan y yo intentaremos encontrar otra forma. Maya, Lily, vean si pueden descubrir algo desde aquí."

Maya y Lily se agacharon junto a la reja, examinando cada centímetro en busca de debilidades o posibles soluciones. Sus linternas proyectaban largas sombras sobre las ásperas paredes de piedra, creando una atmósfera de inquietante determinación.

"Quizás haya una palanca o mecanismo en el exterior," sugirió Maya, su voz tranquila y analítica. "Algo que pueda liberar el candado desde el otro lado."

Lily asintió, sus ojos escaneando el borde del túnel. "O un ladrillo suelto, una llave escondida—cualquier cosa que nos dé una oportunidad."

Mientras tanto, Alex y Ethan se adentraron más en el pasaje, sus pasos cuidadosos y deliberados. Susurraban ideas y posibilidades, sus mentes trabajando en conjunto mientras buscaban una forma de sortear el inesperado obstáculo.

"Hemos llegado demasiado lejos para ser detenidos por un maldito candado," murmuró Ethan, su frustración evidente.

Alex le puso una mano tranquilizadora en el hombro. "Encontraremos una manera. Siempre lo hacemos."

Los dos hombres continuaron su búsqueda, sus linternas revelando más secretos del túnel. Encontraron herramientas viejas, trozos de metal desechados y la ocasional rata escabulléndose de la luz. Pero nada que pudiera ayudarles a romper el candado.

"Espera," dijo Alex, deteniéndose de repente. "Mira esto."

Ethan se volvió para ver a Alex examinando una sección de la pared. Un tenue contorno de una puerta era visible, sus bordes ocultos bajo una capa de suciedad y polvo. Era una posible salida, pero estaba fuertemente cerrada y reforzada.

"Esta podría ser nuestra entrada," dijo Alex, su voz llena de optimismo cauteloso. "Si podemos encontrar una manera de abrirla."

Ethan asintió. "Necesitaremos herramientas, algo para abrirla."

Se apresuraron de regreso al pasaje central, donde Maya y Lily aún estaban examinando la reja.

"¿Encontraron algo?" preguntó Maya, sus ojos brillando con esperanza.

Alex asintió. "Hay una puerta más adelante. Parece reforzada, pero podría ser nuestra salida. Necesitamos herramientas para abrirla."

Los ojos de Lily se iluminaron. "Creo que tengo una idea. Hay un cuarto de almacenamiento cerca de las cocinas. Es donde guardan los suministros de mantenimiento. Podemos encontrar lo que necesitamos allí."

Capítulo 6

En el vientre de la bestia

La cafetería era una cacofonía de bandejas chocando y conversaciones murmuradas mientras los prisioneros entraban para el desayuno. En medio del bullicio, Alex, Maya, Lily y Ethan se sentaron en sus mesas habituales, cuidadosamente posicionados para mantener la apariencia de normalidad mientras se mantenían a la vista unos de otros. Sus miradas se cruzaban ocasionalmente, transmitiendo un entendimiento silencioso entre ellos.

Alex, sentado cerca del final de una larga mesa, mantenía su mirada en su comida, pero su mente estaba enfocada en la tarea que tenían por delante. Miró hacia arriba brevemente, haciendo contacto visual con Ethan, que estaba sentado a unas mesas de distancia. El plan estaba establecido, y sabían lo que debían hacer.

Habían elegido la cafetería como su punto de encuentro por una razón: era uno de los pocos lugares en la prisión donde se reunía un gran grupo de reclusos, creando una oportunidad para la distracción y la sigilosidad. Los guardias, aunque vigilantes, no podían observar a todos a la vez.

Alex tomó un bocado de su comida, masticando lentamente mientras revisaba el plan en su mente. Necesitaban entrar en la sala de almacenamiento de la cocina y robar las llaves que podían abrir los candados de su ruta de escape. Las llaves estaban colgadas en un gancho junto a la puerta principal de la cocina, custodiadas por un turno rotativo de guardias. El tiempo y la precisión eran cruciales.

Al otro lado de la sala, Maya se sentó con un grupo de reclusos, su comportamiento calmado y sereno. Picoteaba casualmente su comida, sus ojos agudos escaneando el lugar, anotando las posiciones de los guardias. Había mapeado sus rutinas durante la última semana, y ahora era el momento de poner esa información en práctica.

Lily, siempre observadora, charlaba con los reclusos a su alrededor, su risa fusionándose sin esfuerzo en el ruido de fondo. Sin embargo, su mente estaba lejos de la charla ociosa. Había memorizado los turnos de los guardias y sabía exactamente cuándo su atención estaría en su punto más bajo.

Ethan, disciplinado y enfocado, comía su comida con una precisión metódica. Era la fuerza de la operación, listo para crear la distracción que necesitaban. Su papel era crucial; sin él, no podrían desviar la atención de los guardias el tiempo suficiente para que Maya y Lily se deslizaran en la cocina.

A medida que el desayuno se acercaba a su fin, Alex hizo una señal a los demás con un ligero movimiento de cabeza. El equipo terminó sus comidas y se levantó de sus asientos, integrándose en el flujo de prisioneros que regresaban a sus celdas. Necesitaban ejecutar su plan durante el período de transición, cuando los guardias estaban ocupados gestionando el movimiento de los reclusos.

El equipo se reagrupó en el corredor fuera de la

cafetería. Los guardias estaban ocupados dirigiendo el flujo de prisioneros, su atención momentáneamente desviada. Era la oportunidad perfecta.

"¿Listos?" susurró Alex, su voz apenas audible sobre el ruido.

"Listos," respondió Maya, su voz firme.

Lily y Ethan asintieron, sus expresiones resolutas.

Alex respiró hondo y luego se colocó en posición. Ethan lo siguió, caminando unos pasos detrás. El plan dependía de que Ethan creara una distracción lo suficientemente grande como para desviar a los guardias de la entrada de la cocina.

El momento de Ethan llegó cuando pasaron junto a un grupo de reclusos cerca de las puertas de la cocina.

Con un movimiento repentino y calculado, tropezó, chocando contra otro recluso y haciendo que una bandeja de comida se estrellara contra el suelo. El ruido fue ensordecedor y estalló el caos mientras los reclusos reaccionaban ante la repentina conmoción.

"¡Hey! ¡Cuidado por dónde vas!" gritó el recluso, empujando a Ethan.

Ethan respondió empujando de vuelta, escalando la pelea. Los guardias, sorprendidos por la repentina perturbación, se apresuraron a separarlos.

"¡Rompan eso! ¡Atrás, todos!" gritó uno de los guardias, tratando de restablecer el orden.

En medio del caos, Maya y Lily se deslizaron a través de la multitud, sus movimientos rápidos y silenciosos. Llegaron a la puerta de la cocina sin ser notadas, y Maya rápidamente forzó la cerradura, sus dedos ágiles trabajando con precisión. La puerta se abrió con un clic y se deslizaron dentro.

Dentro de la cocina, el aire estaba impregnado del olor de la comida cocinándose. El clamor de ollas y sartenes llenaba la habitación, enmascarando sus pasos. Se movieron rápidamente, sabiendo que su ventana de oportunidad era pequeña.

El gancho de las llaves estaba ubicado cerca de la parte trasera de la cocina, tal como lo habían observado. Lily se mantuvo de guardia, sus ojos mirando hacia la puerta cada pocos segundos, mientras Maya se acercaba al gancho. Agarró las llaves, su corazón latiendo con una mezcla de miedo y emoción.

"Las tengo," susurró Maya, levantando las llaves.

"Vamos," respondió Lily, su voz tensa.

Retrocedieron por sus pasos, moviéndose rápida pero cautelosamente. Al llegar a la puerta, podían escuchar a los guardias afuera aún lidiando con la conmoción que había causado Ethan. Salieron discretamente, mezclándose de nuevo con la multitud de reclusos que ahora estaban siendo llevados hacia sus celdas.

Ethan, con su papel completo, había logrado desvincularse de la pelea y ahora regresaba con los otros reclusos, su rostro una máscara de calma. Captó la mirada de Alex y asintió levemente, señalando que todo había salido según lo planeado.

De vuelta en sus celdas, el equipo se reagruppó en los túneles que habían cavado. Las herramientas que habían robado anteriormente, combinadas con las llaves que ahora tenían en su poder, los acercaban un paso más a su objetivo.

Alex levantó las llaves, sus ojos encontrándose con los de cada uno de ellos a su turno. "Lo logramos," dijo, su voz llena de determinación. "Ahora, pongámonos a trabajar."

El equipo se puso manos a la obra, usando las herramientas y llaves para abrir la puerta oculta en el túnel. Sus movimientos eran precisos, cada miembro sabía su papel y lo ejecutaba a la perfección. La puerta chirrió al abrirse, revelando el pasaje más allá.

"Esto es," dijo Alex, su voz llena de una mezcla de emoción y determinación. "Casi estamos allí. Sigamos avanzando."

El pasaje era oscuro y húmedo, el aire espeso con el olor a moho y descomposición. Pero el equipo siguió adelante, su determinación inquebrantable. Sabían que la libertad estaba justo más allá de la próxima curva, y estaban listos para apoderarse de ella.

Alex respiró hondo y luego se colocó en posición. Ethan lo siguió, caminando unos pasos detrás. El plan dependía de que Ethan creara una distracción lo suficientemente grande como para desviar a los guardias de la entrada de la cocina.

El momento de Ethan llegó cuando pasaron junto a un grupo de reclusos cerca de las puertas de la cocina. Con un movimiento repentino y calculado, tropezó, chocando contra otro recluso y haciendo que una bandeja de comida se estrellara contra el suelo. El ruido fue ensordecedor y estalló el caos mientras los reclusos reaccionaban ante la repentina conmoción.

"¡Hey! ¡Cuidado por dónde vas!" gritó el recluso, empujando a Ethan.

Ethan respondió empujando de vuelta, escalando la pelea. Los guardias, sorprendidos por la repentina perturbación, se apresuraron a separarlos.

"¡Rompan eso! ¡Atrás, todos!" gritó uno de los guardias, tratando de restablecer el orden.

En medio del caos, Maya y Lily se deslizaron a través de la multitud, sus movimientos rápidos y silenciosos. Llegaron a la puerta de la cocina sin ser notadas, y Maya rápidamente forzó la cerradura, sus dedos ágiles trabajando con precisión. La puerta se abrió con un clic y se deslizaron dentro.

Dentro de la cocina, el aire estaba impregnado del olor de la comida cocinándose. El clamor de ollas y sartenes llenaba la habitación, enmascarando sus pasos. Se movieron rápidamente, sabiendo que su ventana de oportunidad era pequeña.

El gancho de las llaves estaba ubicado cerca de la parte trasera de la cocina, tal como lo habían observado. Lily se mantuvo de guardia, sus ojos mirando hacia la puerta cada pocos segundos, mientras Maya se acercaba al gancho. Agarró las llaves, su corazón latiendo con una mezcla de miedo y emoción.

"Las tengo," susurró Maya, levantando las llaves.

"Vamos," respondió Lily, su voz tensa.

Retrocedieron por sus pasos, moviéndose rápida pero cautelosamente. Al llegar a la puerta, podían escuchar a los guardias afuera aún lidiando con la conmoción que había causado Ethan. Salieron discretamente, mezclándose de nuevo con la multitud de reclusos que ahora estaban siendo llevados hacia sus celdas.

Ethan, con su papel completo, había logrado desvincularse de la pelea y ahora regresaba con los otros reclusos, su rostro una máscara de calma. Captó la mirada de Alex y asintió levemente, señalando que todo había salido según lo planeado.

De vuelta en sus celdas, el equipo se reagruppó en los túneles que habían cavado. Las herramientas que habían robado anteriormente, combinadas con las llaves que ahora tenían en su poder, los acercaban un paso más a su objetivo.

Alex levantó las llaves, sus ojos encontrándose con los de cada uno de ellos a su turno. "Lo logramos," dijo, su voz llena de determinación. "Ahora, pongámonos a trabajar."

El equipo se puso manos a la obra, usando las herramientas y llaves para abrir la puerta oculta en el túnel. Sus movimientos eran precisos, cada miembro sabía su papel y lo ejecutaba a la perfección. La puerta chirrió al abrirse, revelando el pasaje más allá.

"Esto es," dijo Alex, su voz llena de una mezcla de emoción y determinación. "Casi estamos allí. Sigamos avanzando."

El pasaje era oscuro y húmedo, el aire espeso con el olor a moho y descomposición. Pero el equipo siguió adelante, su determinación inquebrantable. Sabían que la libertad estaba justo más allá de la próxima curva, y estaban listos para apoderarse de ella.

Una vez que el trabajo de cemento estuvo completo, fabricaron una tapa perfectamente ajustada para la entrada del túnel. La tapa, camuflada de manera experta para que coincidiera con el suelo, estaba diseñada para pasar desapercibida por cualquier guardia o recluso que pudiera entrar a sus celdas. Con la tapa asegurada en su lugar, se dieron un paso atrás para admirar su trabajo, satisfechos de que su pasaje secreto estaba efectivamente oculto.

Maya y Lily, moviéndose sigilosamente en sus celdas, imitaron el meticuloso trabajo de Ethan y Alex. Llenaron las secciones rugosas con cemento, alisándolo cuidadosamente para que se mezclara perfectamente con el suelo circundante. Sus movimientos eran precisos, asegurándose de que no quedara rastro de sus actividades. Para asegurar aún más su engaño, también fabricaron tapas para las entradas de sus túneles. Diseñadas para integrarse con el suelo, las tapas ocultaban cualquier evidencia de manipulación. Con las tapas en su lugar, Maya y Lily se dieron un paso atrás, satisfechas de que sus rutas de escape estaban efectivamente ocultas.

Al terminar sus preparativos, los cuatro esperaron la llamada para la cena nocturna, la señal para la siguiente fase de su plan. Maya y Lily mantuvieron sus pertenencias listas, esperando el momento preciso para moverse hacia el conducto de lavandería. Sabían que el tiempo era crucial y cualquier error podría poner en peligro todo su plan.

A medida que se acercaba la hora, la tensión en el aire era palpable. Las rutinas de los guardias les eran bien conocidas, y sincronizaron sus acciones con los movimientos de los guardias. El plan estaba en marcha.

Los pasos de los guardias resonaban a través de los pasillos mientras los prisioneros se alineaban para la cena. Maya y Lily intercambiaron una mirada tensa, con el corazón latiendo fuertemente en sus pechos. Sabían que este era su momento. Con sus pertenencias discretamente ocultas, se movieron en unísono, deslizándose hacia el conducto de lavandería bajo la cobertura de la multitud bulliciosa de la cena.

Al llegar al conducto, Maya y Lily rápidamente plantaron sus pertenencias, dispersándolas para crear un convincente rastro de escape. Lily, con las manos hábilmente manchadas de tierra y suciedad, aplicó el residuo terroso a lo largo de los bordes del conducto. Las marcas oscuras añadieron una autenticidad desgastada a su engaño, mejorando la ilusión de una salida apresurada. Con una última mirada para asegurarse de que todo estaba en su lugar, se deslizaron de nuevo en la multitud, integrándose sin problemas.

Con los preparativos completos, regresaron a sus celdas, con el corazón latiendo. Ahora, tenían que esperar. Los guardias pronto notarían su ausencia y el falso rastro que habían dejado atrás. El equipo se sentó en silencio, cada miembro perdido en sus pensamientos, sabiendo que las próximas horas eran cruciales.

Cuando los guardias realizaron su última revisión de las celdas, Ethan, Alex, Maya y Lily hicieron su movimiento. El sonido de pasos lejanos se hacía más fuerte, señalando la llegada de los guardias. El equipo permaneció tranquilo, sus rostros no delataban la tensión que sentían por dentro.

Ethan y Alex se deslizaron rápidamente hacia la entrada del túnel oculto, colocando la tapa ajustada sobre ella para asegurarse de que estaba perfectamente camuflada. Mientras tanto, Maya y Lily se movieron con igual precisión, asegurando su propia entrada al túnel con una tapa. Una vez que todo estuvo en su lugar, procedieron a través de los túneles, sus pasos resonando suavemente contra las frías y húmedas paredes.

Después de navegar por los laberintos, finalmente llegaron al punto de salida. Maya, con el corazón latiendo, le pasó un juego de llaves a Alex. Con manos temblorosas, Alex comenzó a probar cada llave en la pesada reja que bloqueaba su camino. El tintineo de las llaves resonaba débilmente a través del túnel mientras trabajaba.

Una por una, las llaves no lograron desbloquear la reja hasta que, finalmente, la última llave giró con un satisfactorio clic. La reja se abrió, revelando un estrecho camino que los llevaba hacia el denso bosque más allá. Una sensación de alivio los envolvió al entrar en el aire fresco y nítido de la noche, su escape de la prisión ahora era una realidad.

El equipo se detuvo por un momento, sus ojos ajustándose a la oscuridad y a la vasta extensión iluminada por la luna del bosque. Sabían que tenían que moverse rápido y en silencio para evitar ser detectados.

Con una última mirada a la prisión que habían dejado atrás, se adentraron en el bosque, sus corazones acelerados por la emoción de la libertad y la promesa de lo que les esperaba.

El bosque los abrazó, ofreciendo tanto cobertura como un sentido de esperanza. Con cada paso, dejaban atrás sus viejas vidas, acercándose más a la libertad que habían luchado tan duro por alcanzar. Y aunque el camino por delante era incierto, lo enfrentaron juntos, listos para superar cualquier obstáculo en su camino.

Capítulo 7

Hacia la Naturaleza

El denso bosque se alzaba ante ellos, sus árboles imponentes proyectando largas sombras bajo la luz de la luna. El aire era fresco y nítido, lleno de los sonidos de hojas susurrantes y criaturas nocturnas distantes. El equipo—Alex, Maya, Lily y Ethan—había navegado con éxito por el túnel y emergido en la cobertura del bosque. Finalmente habían pasado las murallas de la prisión, pero su escape estaba lejos de haber terminado. Aún debían sobrevivir en la naturaleza y evitar ser capturados.

Se agruparon, sus alientos visibles en el frío aire nocturno. El bosque era un laberinto extenso de altos pinos y maleza, con un dosel que formaba un patchwork de sombras y suaves rayos de luna.

"Lo logramos," dijo Alex en voz baja, su tono una mezcla de alivio y determinación. "Pero necesitamos seguir adelante. La prisión notará pronto que faltamos, y enviarán grupos de búsqueda."

Maya, con la mirada escaneando el oscuro bosque, asintió. "Necesitamos encontrar un buen lugar para escondernos y decidir nuestro próximo movimiento. No podemos quedarnos en un solo lugar demasiado tiempo."

Lily, aferrando su mochila desgastada con fuerza, añadió: "Deberíamos evitar las áreas abiertas y mantenernos alejados de los senderos principales. Si hacemos ruido o dejamos algún rastro, será fácil localizarnos."

Ethan, siempre el estratega disciplinado, sacó un mapa que había logrado contrabandear. Lo desplegó con cuidado, su linterna proyectando un estrecho haz de luz sobre su superficie. "Necesitamos ir hacia el norte. Hay una red de viejas carreteras de tala y cabañas en esa dirección. Podrían ofrecernos refugio y una oportunidad para reagruparnos."

El grupo asintió en acuerdo y comenzó su viaje hacia el bosque. El suelo bajo sus pies era irregular, cubierto por una gruesa capa de hojas caídas y ramas. Cada paso requería una navegación cuidadosa para evitar hacer ruido. El bosque, aunque denso y amenazador, ofrecía la cobertura que necesitaban, pero también presentaba sus propios desafíos.

Mientras caminaban, mantenían sus sentidos agudos. Los lejanos sonidos de las luces de búsqueda de la prisión y el ocasional grito de los guardias que los buscaban servían como un recordatorio constante del peligro en el que se encontraban.

Pasaron horas, y el bosque parecía extenderse sin fin. La fatiga comenzó a pesarlos, pero continuaron, impulsados por la esperanza de encontrar seguridad. Maya, que tenía un talento para navegar por terrenos difíciles, lideraba el camino, sus instintos guiándolos a través de la oscuridad.

Finalmente, llegaron a un pequeño claro rodeado de densa maleza. Ofrecía un respiro temporal en su viaje. Montaron un campamento improvisado, usando ramas y hojas caídas para crear un refugio modesto. Mientras trabajaban, Ethan recogió ramitas secas y ramas para hacer fuego. Necesitaban calor y una forma de cocinar la comida que habían salvado de la cocina de la prisión.

Con el fuego crepitando suavemente, se agruparon, intentando descansar. El calor era un consuelo bienvenido, pero la tensión de su situación dificultaba la relajación. Cada miembro del grupo tomó turnos para hacer guardia, sus ojos escaneando el bosque circundante en busca de cualquier señal de peligro.

"Creo que deberíamos turnarnos para la noche," sugirió Alex. "Una persona debería permanecer despierta mientras los demás descansan."

Lily, que aún sentía la adrenalina de su escape, se ofreció para tomar el primer turno. "Estaré atenta. Ustedes necesitan descansar."

Los demás asintieron y se acomodaron en sus camas improvisadas. A pesar de su agotamiento, el sueño llegó lentamente. El bosque estaba vivo con sonidos—el lejano ulular de un búho, el crujir de pequeños animales en la maleza y el ocasional chasquido de una rama. Cada ruido tensaba sus nervios.

A medida que pasaban las horas, la oscuridad del bosque parecía cerrarse a su alrededor. Lily permaneció atenta, sus sentidos agudizados. Cada sombra y susurro aceleraba su corazón, pero no había señal de persecución. Los guardias de la prisión, si estaban buscando, aún no los habían alcanzado.

A medida que el amanecer comenzaba a romper, el bosque se transformó lentamente de un laberinto sombrío a un paisaje bañado en suaves luces matutinas.

El equipo despertó para encontrar el cielo pintado en tonos de rosa y naranja. Rápidamente reunieron sus cosas y se prepararon para la siguiente etapa de su viaje.

Alex evaluó sus suministros. Habían logrado llevar algo de comida con ellos, pero era limitada. "Necesitamos encontrar una fuente de agua y recolectar más comida," dijo. "No podemos depender de lo que tenemos por mucho tiempo."

Maya asintió. "Conozco algunos trucos de supervivencia. Podemos buscar plantas y bayas comestibles. Yo guiaré el camino."

El grupo partió una vez más, esta vez con un propósito más claro. El conocimiento de Maya sobre el bosque resultó invaluable mientras los guiaba hacia un arroyo cercano. Llenaron sus botellas de agua y tomaron un trago muy necesario. El agua fresca y fría era vigorizante, y el ánimo del equipo se elevó.

Luego, buscaron comida. Maya identificó varias plantas y bayas comestibles, y recogieron lo que pudieron. El bosque ofrecía una abundancia de recursos naturales, pero necesitaban ser cautelosos y evitar cualquier cosa que pudiera ser potencialmente dañina.

A medida que continuaban su travesía por el bosque, se encontraron con una pequeña cabaña abandonada. La estructura estaba desgastada y envejecida, pero ofrecía un posible refugio y la oportunidad de descansar. Decidieron investigar.

Dentro, la cabaña era escasa pero funcional. Tenía algunos suministros viejos, incluyendo una lata oxidada y algunas herramientas rotas. Con un poco de esfuerzo, lograron hacer la cabaña habitable, limpiándola y usándola como base temporal.

La cabaña proporcionó un refugio muy necesario, pero sabían que no podían quedarse allí para siempre. La prisión eventualmente descubriría su escape, y las patrullas de búsqueda estarían en la zona. Necesitaban seguir moviéndose y mantenerse un paso adelante.

Mientras se acomodaban en su hogar temporal, Alex reunió al equipo para una reunión de estrategia. "Hemos logrado evadir la captura por ahora, pero necesitamos un plan a largo plazo. Nuestro objetivo es alejarnos lo más posible de la prisión y encontrar un lugar seguro donde podamos reagruparnos y planear nuestro próximo movimiento."

Ethan asintió en acuerdo. "Necesitamos

mantenernos fuera de la red. Evitar cualquier contacto con personas que puedan reconocernos. También debemos estar preparados para cualquier desafío inesperado."

Maya agregó, "Tendremos que mantener nuestros suministros abastecidos y ser ingeniosos. El bosque puede ser implacable, pero también nos ofrece una oportunidad para sobrevivir si somos inteligentes al respecto."

Lily, con los ojos reflejando una mezcla de determinación y cansancio, concluyó, "Hemos llegado hasta aquí. No podemos rendirnos ahora. Tenemos que seguir adelante."

Con sus planes en marcha, el equipo se preparó para dejar la cabaña y continuar su viaje a través del bosque. Estaban lejos de estar fuera de peligro, pero estaban decididos a salir adelante. El bosque, con todos sus desafíos, era su nuevo campo de batalla, y estaban listos para enfrentar lo que les aguardaba.

Al regresar al bosque, el peso de su escape se asentó sobre ellos. Ahora eran fugitivos, pero también eran libres. El camino por delante era incierto, pero estaban unidos en su resolución de encontrar seguridad y continuar su lucha por la libertad. Con cada paso, dejaban atrás las restricciones de la prisión y se adentraban en un mundo salvaje y desconocido, decididos a sobrevivir y prevalecer.

El bosque continuaba extendiéndose sin fin a su alrededor, un tapiz de verdes y marrones tejido en patrones intrincados. El equipo navegó por sus giros y vueltas, utilizando cada parte de su conocimiento colectivo para evitar la detección y encontrar sustento. Cada día era una lucha por la supervivencia, marcada por la necesidad constante de mantenerse alerta y gestionar sus recursos limitados.

La cabaña les había servido bien, pero a medida que pasaban los días, la urgencia de seguir adelante crecía. Necesitaban encontrar una solución más permanente: un refugio seguro donde pudieran reagruparse, planear su próximo movimiento y descansar sin el temor constante de ser descubiertos.

En el cuarto día después de su escape, el equipo decidió que era hora de dejar la cabaña atrás. Empacaron sus pertenencias, asegurándose de llevar solo lo esencial. Maya los guió en una dirección que creía los llevaría a un antiguo refugio de caza, que se rumoraba estaba abandonado pero que podría ser útil.

El bosque era denso, y navegar a través de él resultó cada vez más difícil. La maleza era espesa, y las ramas caídas creaban obstáculos naturales. El equipo trabajó en turnos, abriendo camino entre la maleza mientras los demás llevaban su equipo.

Durante su viaje, Ethan mantuvo un ojo en el cielo, notando el cambio en el clima. "Deberíamos encontrar refugio pronto," aconsejó. "Se acercan tormentas, y necesitamos estar preparados."

Mientras avanzaban a duras penas a través del bosque, el cielo comenzó a oscurecerse. Las nubes se acumulaban y la temperatura bajaba. Las primeras gotas de lluvia cayeron, convirtiéndose rápidamente en un torrencial aguacero. El equipo buscó apresuradamente refugio bajo el denso dosel de los árboles. A pesar de sus esfuerzos, pronto quedaron empapados, la lluvia calando sus ropas y helándolos hasta los huesos.

Maya, que había estado liderando el camino, se detuvo de repente. "Hay una cresta más adelante," dijo. "Deberíamos poder encontrar refugio allí."

Siguieron adelante bajo la lluvia, el sonido de la tormenta amplificando el sentido de urgencia. Los sonidos habituales del bosque fueron ahogados por el rugido de la tormenta. El paisaje, antes familiar, ahora se sentía extraño e intimidante.

Finalmente, llegaron a la cresta. Los árboles en el borde proporcionaban algo de cobertura de la lluvia, pero el suelo era lodoso y traicionero. Maya divisó una pequeña cueva parcialmente oculta por la densa maleza.

"Eso parece que podría ofrecernos algo de protección," dijo, señalando hacia la oscura entrada.

El equipo se dirigió a la cueva, moviéndose despacio y con cuidado. Dentro, el espacio era estrecho pero seco. Se acurrucaron juntos, tratando de calentarse y sacudirse el frío. El fuego que lograron encender fue un pequeño consuelo, su calor proporcionando un alivio muy necesario del frío húmedo.

Mientras se acomodaban en la cueva, evaluaron su situación. La tormenta seguía rugiendo afuera, el viento aullando y la lluvia golpeando la entrada de la cueva. Era un duro recordatorio del mundo del que habían escapado—un mundo que parecía cerrarse sobre ellos incluso ahora.

Alex sacó un mapa y lo extendió en el suelo, iluminado por la tenue luz de su fuego. "Necesitamos evaluar nuestro próximo movimiento," dijo. "No podemos quedarnos aquí indefinidamente. Necesitamos encontrar una forma de contactar al mundo exterior, o al menos encontrar un lugar más seguro."

Maya asintió. "He oído de un pequeño pueblo a unos días de viaje de aquí. Está fuera del camino marcado y es donde algunas personas que quieren mantenerse ocultas van. Podríamos ser capaces de mezclarnos y obtener más información."

Lily, todavía temblando de frío, ofreció su opinión. "Eso suena como un buen plan. Pero debemos tener cuidado. Cuanto más nos movemos, más riesgo asumimos."

Ethan estuvo de acuerdo. "Tendremos que mantener un perfil bajo. Evitar llamar la atención sobre nosotros y asegurarnos de mantenernos fuera de vista."

El equipo pasó el resto de la noche en la cueva, acurrucados para mantener el calor y descansar. La tormenta finalmente pasó, dejando el bosque cubierto por una densa capa de niebla. La luz de la mañana se filtró a través de los árboles, proyectando un resplandor fantasmal sobre el paisaje.

A medida que las nubes de tormenta se despejaron, el equipo se preparó para dejar la cueva. El suelo aún estaba mojado y lodoso, lo que hacía que su viaje fuera lento y arduo. Empacaron sus pertenencias, asegurándose de estar listos para lo que pudiera venir.

Con Maya liderando el camino, continuaron su

travesía a través del bosque, moviéndose con cautela y manteniéndose alerta. El paisaje seguía siendo un laberinto de árboles y maleza, pero avanzaron, impulsados por la esperanza de encontrar seguridad y un nuevo comienzo.

Mientras caminaban, encontraron pequeños signos de actividad humana—un viejo sendero desgastado, un objeto medio enterrado que podría haber sido desechado hace mucho tiempo. Estos vestigios de civilización ofrecían algo de consuelo, un signo de que se estaban dirigiendo en la dirección correcta.

Pasaron los días y su viaje a través del bosque se volvió cada vez más difícil. El terreno se volvió más accidentado y el clima más impredecible. Sin embargo, su determinación nunca flaqueó. Cada miembro del equipo sacaba fuerzas de los otros, su resolución se solidificaba por los desafíos que enfrentaban juntos.

Finalmente, después de varios días de agotador viaje, llegaron a las afueras del pequeño pueblo que Maya había mencionado. Era un lugar modesto, con algunas casas dispersas y una tienda de abarrotes que parecía no haber tenido muchos clientes en años. El pueblo parecía casi congelado en el tiempo, su aislamiento era tanto una bendición como una maldición.

El equipo se acercó al pueblo con precaución, sus nervios al límite. Necesitaban mezclarse y evitar llamar la atención sobre sí mismos. Las tranquilas calles del pueblo y los ojos cautelosos de sus habitantes dejaron en claro que estaban en un lugar donde los forasteros no siempre eran bienvenidos.

Encontraron una vieja casa abandonada en el borde del pueblo que parecía adecuada para sus necesidades. Proporcionaba un lugar para descansar y planificar sus próximos pasos. Mientras se acomodaban, reflexionaron sobre su viaje y los desafíos que habían superado.

Su escape había estado lleno de peligros, y su supervivencia en el bosque había puesto a prueba sus límites. Pero habían llegado a un nuevo capítulo de su viaje—un capítulo que contenía la promesa de esperanza y la posibilidad de un nuevo comienzo.

Mientras se reunían en la tenue luz de la habitación de la casa abandonada, sabían que su lucha estaba lejos de terminar. Pero por ahora, habían encontrado un refugio temporal, y estaban decididos a aprovecharlo al máximo. El bosque, con todas sus pruebas, los había llevado a este nuevo comienzo, y estaban listos para enfrentar lo que viniera con una resolución inquebrantable.

El pequeño pueblo de Millbrook era un marcado contraste con el denso y inquebrantable bosque que acababan de dejar atrás. Su aura pacífica, casi olvidada, proporcionaba una engañosa sensación de seguridad. La preocupación inmediata del equipo era permanecer inconspicuos mientras evaluaban sus próximos pasos.

La casa abandonada en la que se habían refugiado era un relicario de una era pasada—polvorienta, chirriante y llena de recuerdos desvanecidos. Dentro, el equipo estableció una base improvisada, utilizando muebles viejos para crear una apariencia de orden en medio del caos. Necesitaban mezclarse con los habitantes del pueblo mientras buscaban pistas que pudieran ayudarles en su misión.

Ethan tomó la delantera en la exploración del pueblo. Su experiencia militar lo hacía hábil para observar sin llamar la atención. Se movió sigilosamente a través de Millbrook, anotando lugares clave como la tienda de abarrotes, el pequeño almuerzo y el ayuntamiento. Sus observaciones revelaron que Millbrook era una comunidad unida con unos pocos residentes cautelosos y poco tráfico. El pueblo parecía ser un refugio para aquellos que buscaban consuelo del mundo exterior—un lugar perfecto para que ellos se mantuvieran en bajo perfil.

Mientras tanto, Alex y Maya trabajaron en establecer canales de comunicación. Alex utilizó sus habilidades de hacking para infiltrarse en redes locales, buscando información o contactos que pudieran ser útiles. Maya, aprovechando su experiencia en falsificación de arte, comenzó a crear nuevas identidades para el equipo. Necesitaban establecer historias de cobertura para evitar levantar sospechas.

Lily, con su aguda intuición y empatía, se aventuró al pueblo para obtener información. Inició conversaciones con los lugareños en el almuerzo, evaluando cuidadosamente sus respuestas y recopilando información sobre la dinámica del pueblo. Descubrió que Millbrook tenía su propio conjunto de rumores y secretos, que podrían ofrecerles una ventaja si jugaban bien sus cartas.

A medida que pasaban los días, el equipo se adaptó a su nuevo entorno. Aprendieron a navegar por el pueblo discretamente, evitando interacciones innecesarias y manteniendo una rutina que minimizara el riesgo. Se turnaron para explorar, reunir suministros y mantener su cobertura.

Una tarde, cuando el sol se ocultaba tras el horizonte y el pueblo se sumía en una tranquila rutina, Lily regresó a la casa abandonada con una preocupante noticia. "Hay algo sucediendo en el pueblo," dijo, su voz baja y urgente. "Escuché hablar de un grupo de forasteros que han estado haciendo preguntas sobre los recién llegados."

Los ojos de Alex se entrecerraron. "¿Crees que nos están buscando?"

"Es difícil decirlo," respondió Lily. "Pero está claro que hay una mayor vigilancia. Necesitamos ser más cautelosos."

El equipo se reunió alrededor de su mesa improvisada, donde Alex extendió la información que había recopilado. "Necesitamos averiguar quiénes son estos forasteros y qué quieren," dijo. "Si nos están buscando, necesitamos adelantarnos a ellos."

Maya asintió en acuerdo. "Veré qué puedo hacer para reunir más información. He estado trabajando en mezclarme con los lugareños, así que podría aprender algo útil."

Durante los siguientes días, el equipo se centró en reunir información y mantenerse bajo el radar. Ethan continuó su vigilancia, anotando cualquier actividad inusual. Maya utilizó su encanto para mezclarse con los habitantes del pueblo y descubrir posibles pistas. Alex trabajó incansablemente para fortalecer su red de comunicación, asegurándose de que pudieran mantenerse en contacto y reaccionar rápidamente si era necesario.

Sus esfuerzos dieron sus frutos cuando Maya descubrió una pieza clave de información: los forasteros eran un grupo de investigadores privados contratados por un cliente misterioso. Se sabía que los investigadores eran discretos, pero también se rumoreaba que eran muy hábiles en rastrear objetivos elusivos.

La revelación aumentó su sentido de urgencia. El equipo se dio cuenta de que debían actuar rápidamente para evitar ser detectados. Idearon un plan para engañar a los investigadores y crear distracciones que les comprarían tiempo para hacer su próximo movimiento.

Una noche, mientras una tormenta se avecinaba en el horizonte, el equipo ejecutó su plan. Maya y Lily crearon pistas falsas y plantaron información engañosa por toda la ciudad, mientras que Alex y Ethan establecieron una serie de distracciones para desviar a los investigadores de su rastro.

La tormenta rugía mientras el equipo trabajaba bajo la cobertura de la oscuridad. El viento aullaba y la lluvia caía a torrentes, añadiendo un elemento de caos a su misión. A pesar de las difíciles condiciones, lograron llevar a cabo su plan con éxito.

Cuando se acercaba el amanecer y la tormenta comenzaba a amainar, el equipo regresó a la casa abandonada, exhausto pero aliviado. Habían logrado ganar un tiempo, pero sabían que no podían permanecer en Millbrook para siempre. El encantador silencio del pueblo era una espada de doble filo, ofreciendo refugio pero también haciéndolos vulnerables a la vigilancia.

La mañana siguiente, el equipo se reunió para discutir sus próximos pasos. La tormenta había dejado al pueblo luciendo maltrecho y apagado, reflejando su propio sentido de cansancio.

"Necesitamos seguir adelante", dijo Alex. "Millbrook ha cumplido su propósito, pero no podemos quedarnos aquí. Necesitamos encontrar una forma de mantenernos un paso por delante de estos investigadores y continuar con nuestra misión".

Ethan estuvo de acuerdo. "Tendremos que

planificar nuestro próximo movimiento con cuidado. No podemos permitirnos cometer errores".

Maya ofreció una sugerencia. "Hay una red de casas seguras en la región. Podría encontrar un contacto que nos ayude a ponernos en contacto con ellos".

El equipo consideró las opciones y decidió seguir el consejo de Maya. Dejarían Millbrook atrás y buscarían la red de casas seguras.

Era un movimiento arriesgado, pero ofrecía la oportunidad de encontrar un lugar más seguro y reunir los recursos necesarios para continuar con su misión.

Mientras se preparaban para dejar la casa abandonada, echaron un último vistazo alrededor del pueblo que había sido brevemente su refugio.

Las calles estaban tranquilas, la tormenta había pasado, pero la sensación de inquietud persistía.

Partieron en su nuevo viaje, su determinación más fuerte que nunca.

El bosque, la tormenta y los peligros ocultos de Millbrook habían puesto a prueba sus límites, pero habían resistido.

Ahora, mientras enfrentaban el incierto camino por delante, sabían que su supervivencia dependía de su capacidad para adaptarse y perseverar.

Los susurros y sombras de Millbrook se desvanecieron tras ellos mientras se aventuraban en lo desconocido, listos para confrontar cualquier desafío que se presentara.

Capítulo 8

La Gran Escapada

El silencio del Penal Greywall se rompió con el estruendo de las alarmas. Luces rojas parpadeaban por toda la prisión, proyectando un resplandor ominoso sobre las frías paredes de concreto. Los guardias corrían por los pasillos, sus botas resonando en el suelo mientras toda la instalación descendía en el caos.

En la oficina del alcaide, se estaba llevando a cabo una reunión tensa. El alcaide Harris, un hombre curtido con años de experiencia, golpeó la mesa con su puño. "¿Cómo pudo pasar esto? ¿Cuatro prisioneros escapando de una prisión de máxima seguridad? ¡Esto es inaceptable!"

El teniente Marks, jefe de seguridad, se veía pálido mientras hablaba. "Alcaide, creemos que utilizaron el pasaje en la lavandería. Encontramos herramientas y ropa rasgada allí; parece que cavaron su camino hacia afuera."

"Muéstramelo," ordenó el alcaide, y el grupo de oficiales se apresuró hacia la lavandería.

Cuando llegaron, la escena era igual de caótica. La ropa estaba esparcida por todas partes, y las herramientas yacían abandonadas en el suelo. Las paredes mostraban rasguños recientes y había señales claras de excavación reciente.

"Esto tiene que ser," murmuró Marks, más para sí mismo que para los demás. "Debieron usar este pasaje para escapar."

"¿Entonces por qué estamos aquí parados?" gritó Harris. "¡Sigue ese pasaje ahora!"

Un grupo de guardias se precipitó al estrecho y polvoriento túnel. El aire estaba denso con el olor a tierra y sudor mientras se arrastraban por el espacio reducido. Sus linternas iluminaban las paredes ásperas, y el sonido de su respiración llenaba el túnel.

Después de lo que pareció una eternidad, llegaron al final del túnel, solo para encontrarse con una gruesa puerta de hierro. Estaba cerrada con llave, la superficie cubierta de óxido, y no mostraba signos de uso reciente. Los guardias intercambiaron miradas confundidas.

"Esto no tiene sentido," dijo uno de ellos. "Si escaparon por aquí, ¿cómo pasaron esta puerta? Está cerrada, y no parece que la hayan tocado en años."

De regreso en la lavandería, el teniente Marks recibió el informe. Su rostro se volvió ceniciento al darse cuenta de la verdad. "No utilizaron este pasaje en absoluto. Lo montaron para desorientarnos."

Los ojos del alcaide Harris se entrecerraron. "Entonces, ¿a dónde fueron?"

Marks dudó, su mente a mil por hora. "Necesitamos revisar cada puerta en esta prisión, cada salida posible. Si no usaron este túnel, debieron encontrar otra forma de salir."

El equipo de seguridad se puso en acción, inspeccionando sistemáticamente cada puerta, cada salida y cada ruta posible fuera de la prisión. Pero cada puerta que revisaron estaba firmemente cerrada, sin señales de manipulación. Era como si los prisioneros hubieran desaparecido en el aire.

Las horas pasaron sin pistas, y la frustración aumentó entre los guardias. ¿Cómo podían cuatro prisioneros desaparecer sin dejar rastro?

Fue entonces que uno de los guardias junior, el oficial Jenkins, expresó un pensamiento que le había estado molestando. "¿Qué tal si… no usaron ninguna de las puertas? ¿Y si encontraron otra forma de salir… algo en lo que no hemos pensado?"

Los ojos del alcaide parpadearon con una mezcla de ira y realización. "Revisen sus celdas. Cada una de ellas. Si no pasaron por las puertas, podrían haber ido por debajo de ellas."

El equipo corrió hacia las celdas de los cuatro fugados—Alex, Maya, Ethan y Lily. Entraron en cada celda, buscando cada rincón. Al principio, nada parecía fuera de lugar, pero luego Jenkins notó algo extraño en la celda de Alex. El suelo, cerca de la esquina, tenía una leve decoloración, como si hubiera sido perturbado.

"¡Aquí!" gritó Jenkins, su voz impregnada de emoción y miedo. Agarró una barra de metal y comenzó a picar el suelo. El cemento se agrietó y se desmoronó, revelando una entrada a un túnel abajo.

El mismo descubrimiento se hizo en las otras tres celdas. Cada celda tenía un túnel cuidadosamente escondido, lo suficientemente ancho para que una persona pudiera arrastrarse. Los túneles habían sido cubiertos con una delgada capa de cemento, aplicada de manera experta para mezclarse con el suelo.

Los guardias ampliaron las entradas y

comenzaron a descender por los túneles. El aire estaba viciado, y los túneles eran estrechos, pero continuaron adelante, decididos a descubrir a dónde llevaban esos pasajes. Después de arrastrarse por la oscuridad, llegaron al final: una gran puerta subterránea que estaba entreabierta, conduciendo hacia afuera de la prisión.

Más allá de la puerta se extendía el bosque—una vasta extensión de árboles densos y maleza, que se extendía hasta donde alcanzaba la vista. La realización golpeó al equipo de seguridad como un puñetazo en el estómago. Los cuatro prisioneros habían escapado al bosque, y ahora contaban con la cobertura de la naturaleza para ayudar en su huida.

"Necesitamos actuar rápido," ordenó el alcaide Harris, con una voz firme. "No pueden haber ido muy lejos. Formar un equipo de búsqueda. Vamos tras ellos."

En cuestión de minutos, se reunió el equipo de respuesta de la prisión, armado con linternas, radios y perros rastreadores. El equipo se dispersó en el borde del bosque, decidido a localizar a los fugitivos.

Se adentraron en el bosque, los haces de sus linternas atravesando la oscuridad. Los perros tiraban de las correas, ansiosos por captar un rastro. La partida de búsqueda se dispersó, revisando la maleza y llamándose entre sí mientras cubrían terreno.

Pasaron horas mientras registraban el bosque, pero cuanto más se adentraban, más desorientador se volvía el terreno. Los árboles se espesaban, los caminos se torcían y la maleza se enredaba más. El bosque parecía tragarlos enteros, la oscuridad volviéndose más densa con cada minuto que pasaba.

Y aún así, no había señales de los prisioneros.

La frustración se transformó en desesperación a medida que la búsqueda continuaba, pero el bosque permanecía en silencio y vacío. Los fugitivos habían desaparecido, dejando ningún rastro detrás. Los guardias gritaban, sus voces volviéndose roncas, pero la única respuesta era el susurro de las hojas y el lejanísimo ulular de un búho.

Al amanecer, la partida de búsqueda regresó a la prisión, exhausta y sin resultados. El bosque había guardado sus secretos, y los cuatro prisioneros seguían en libertad.

El alcaide Harris se quedó en el borde del bosque, con la mandíbula apretada por la frustración. "No pueden esconderse para siempre," murmuró, más para sí mismo que para los demás. "Los encontraremos. Solo es cuestión de tiempo."

Pero en lo profundo del bosque, lejos del alcance de las paredes de Millbrook, Alex, Maya, Ethan y Lily ya estaban planeando su próximo movimiento. Sabían que vendría la búsqueda, pero también sabían que se habían ganado un tiempo precioso. Tiempo para desaparecer, tiempo para reagruparse y tiempo para averiguar cómo mantenerse libres.

La persecución estaba lejos de haber terminado, pero por ahora, estaban un paso adelante. Y mientras el sol salía sobre el bosque, sabían que habían ganado la primera ronda.

***

Era temprano por la mañana cuando decidieron hacer su movimiento. El sol aún no había salido, y el pueblo seguía cubierto por la oscuridad, con solo el tenue resplandor de las farolas atravesando la penumbra. El equipo reunió sus pertenencias, asegurándose de no dejar rastro de su presencia en la casa abandonada. Se movieron rápidamente y en silencio, impulsados por la urgencia de la situación.

"¿Estamos listos?" susurró Alex, su voz firme pero tensa.

"Listos como siempre," respondió Ethan, sus ojos escaneando las calles oscuras.

Maya y Lily asintieron en acuerdo. Todos estaban en tensión, conscientes de que esta era su mejor oportunidad para escapar sin ser vistos.

El equipo había explorado el pueblo el día anterior e identificado una casa en las afueras donde a menudo se aparcaba un coche. Era un modelo antiguo, no llamativo, pero lo suficientemente confiable para sacarlos de Millbrook y llevarlos a su próximo destino. Ethan, con su experiencia militar, había tomado la delantera en la planificación del robo. Sabía cómo encender un coche sin llave, y no tenían más opción que asumir este riesgo.

Se movieron silenciosamente por las calles, manteniéndose en las sombras a medida que se acercaban a la casa objetivo. El vecindario estaba inquietantemente tranquilo, siendo el único sonido el ocasional susurro de las hojas en la brisa. La casa que habían elegido estaba oscura, sus ocupantes probablemente aún dormidos. El coche, una antigua pero resistente berlina, estaba aparcado en el camino de entrada, ligeramente oculto detrás de un gran roble.

Ethan hizo un gesto para que los demás mantuvieran vigilancia mientras él se ponía a trabajar. Se agachó junto a la puerta del conductor, sus movimientos rápidos y precisos. En cuestión de momentos, había desbloqueado la puerta y estaba dentro del coche. Los demás contuvieron la respiración mientras él manipulaba los cables debajo del salpicadero. Tras unos tensos segundos, el motor rugió, rompiendo el silencio de la mañana temprana.

"Vamos," susurró Ethan con urgencia.

El equipo rápidamente se metió en el coche— Alex en el asiento del pasajero, con Maya y Lily en la parte de atrás. Ethan tomó el volante, retrocediendo hábilmente fuera del camino de entrada y hacia la calle vacía. Al principio, condujeron despacio, cuidando de no llamar la atención, antes de ir aumentando la velocidad gradualmente mientras dejaban el pueblo atrás.

El camino que tenían por delante era largo y sinuoso, flanqueado por un denso bosque a cada lado. A medida que avanzaban, la primera luz del amanecer comenzó a filtrarse entre los árboles, bañando el paisaje con un suave tono dorado. Los faros del coche cortaban la neblina que se aferraba al camino, creando una atmósfera casi etérea.

Durante los primeros kilómetros, el equipo permaneció en silencio, cada uno perdido en sus pensamientos. El peso de su escape pendía en el aire, pero también había un sentido de alivio por finalmente estar en movimiento otra vez. Habían salido de Millbrook sin incidentes, pero sabían que el camino por delante estaría lleno de desafíos.

Después de lo que pareció una eternidad, Alex rompió el silencio. "Entonces, ¿a dónde vamos?"

Maya sacó el mapa que habían estado usando, extendiéndolo sobre su regazo. "Hay una ciudad a unas horas de aquí—Riverside. Es más grande, con más gente. Allí podemos pasar desapercibidos, desaparecer en la multitud."

"Riverside entonces," dijo Ethan, manteniendo la vista en la carretera. "Pero debemos tener cuidado. Las autoridades pueden estar en alerta máxima después de nuestra fuga. Necesitaremos nuevas identidades y un plan sólido una vez que lleguemos."

A medida que continuaban su viaje, la carretera comenzó a serpentear a través de áreas más pobladas. El bosque dio paso a colinas onduladas y campos abiertos, salpicados de pequeñas granjas y pueblos lejanos. El sol ya había salido por completo, proyectando largas sombras y iluminando el camino por delante.

A pesar de la temprana hora, las carreteras comenzaban a tener más tráfico: agricultores saliendo para el día, camiones transportando mercancías y de vez en cuando un coche pasando. Ethan mantuvo un ritmo constante, integrándose en el flujo del tráfico para evitar levantar sospechas.

Cuando se acercaban a Riverside, el paisaje comenzó a cambiar. Los campos abiertos y los pequeños pueblos fueron reemplazados por edificios industriales y autopistas. La ciudad se perfilaba en la distancia, un laberinto extenso de calles y rascacielos. Era un marcado contraste con el tranquilo pueblo de Millbrook, pero ofrecía exactamente lo que necesitaban: anonimato.

El equipo navegó a través de los alrededores de Riverside, pasando por vecindarios que se volvían más densos a medida que se acercaban al centro de la ciudad. La vida de la ciudad estaba en pleno apogeo, con gente ocupada en sus rutinas diarias, aparentemente ajena a los fugitivos en su medio.

Finalmente encontraron un motel anodino en el borde de la ciudad, un lugar donde podrían mantenerse a salvo y planear sus próximos pasos. El motel era viejo, con pintura desconchada y un letrero de neón parpadeante, pero era exactamente el tipo de lugar donde nadie haría preguntas.

Sin embargo, al ser prisioneros fugados, no tenían dinero. Robar un coche era una cosa, pero conseguir el efectivo que necesitaban requeriría algo diferente. Maya había notado una pequeña tienda de conveniencia en su camino hacia la ciudad—pobremente iluminada y con mínima seguridad. Era un riesgo, pero uno que debían asumir.

"Yo me encargo," dijo Maya, su voz firme. "Solo dame unos minutos."

Ethan aparcó el coche a unas pocas calles de la tienda de conveniencia, en un callejón tranquilo donde no serían vistos. Maya tomó una respiración profunda, preparándose para lo que necesitaba hacerse. No era ajena al arte del engaño, pero este era un tipo diferente de desafío.

La tienda era pequeña y parecía casi olvidada, con su exterior descolorido y sus ventanas cubiertas de polvo. A medida que Maya se acercaba, notó que las cámaras de seguridad estaban desactualizadas—modelos antiguos con cobertura limitada, fácilmente eludibles con un poco de creatividad. Había hecho su tarea, observando el diseño de la tienda y la rutina del empleado durante su breve tiempo en Riverside.

Empujó suavemente la puerta, la campanita que estaba encima sonando suavemente al entrar. El empleado, un hombre de aspecto cansado en sus cincuenta y tantos, apenas levantó la vista del periódico que estaba leyendo. La tienda estaba vacía, salvo por algunos pasillos llenos de productos esenciales:

alimentos enlatados, aperitivos y artículos de hogar baratos. La caja registradora estaba al frente, junto a un mostrador de boletos de lotería y cigarrillos.

Maya recorrió los pasillos de manera casual, pretendiendo mirar mientras inspeccionaba el lugar. Sus ojos se dirigieron al pequeño espejo de seguridad en la esquina, confirmando lo que ya sabía: había un punto ciego cerca de la parte trasera, justo fuera del alcance de la cámara.

Maya recogió algunos artículos: una bolsa de papas fritas, un refresco, unos chicles—cosas que no llamarían la atención. Mientras se dirigía al mostrador, metió la mano en el bolsillo de su chaqueta, sintiendo con los dedos la pequeña botella que había preparado antes. Era un truco viejo que había aprendido hace años, algo simple pero efectivo.

El empleado la saludó con una sonrisa cansada, apenas notándola mientras colocaba los artículos en el mostrador. "¿Solo esto?" preguntó, su voz plana.

"Sí," respondió Maya, con un tono ligero. Cuando el empleado se giró para agarrar un paquete de cigarrillos que había solicitado, Maya rápidamente destapó la botella y dejó caer unas gotas en el mostrador, justo donde se abriría la caja registradora.

Cuando el empleado regresó y registró sus artículos, la caja se deslizó abierta con un suave tintineo. El líquido inodoro e incoloro que había aplicado se evaporó rápidamente, liberando un vapor suave y somnoliento. No era lo suficientemente fuerte como para dejar a alguien inconsciente por completo, solo lo bastante para causar una ola de fatiga, haciéndolos más lentos y menos alerta.

El empleado parpadeó varias veces, sus movimientos volviéndose lentos mientras contaba el cambio. Se frotó los ojos, bostezando mientras el vapor comenzaba a hacer efecto.

"¿Noche larga?" preguntó Maya con casualidad, añadiendo un poco de preocupación a su voz.

"Sí... solo estoy cansado, supongo," murmuró el empleado, con los párpados cayendo ligeramente.

"Espero que puedas descansar," dijo Maya con una sonrisa, tomando su cambio. Observó cómo el empleado, distraído, dejaba la caja abierta, su atención disminuyendo.

Cuando se giró para guardar los cigarrillos, Maya hizo su movimiento. Con rapidez entrenada, metió la mano en la caja, sus dedos sacando hábilmente un manojo de billetes. Metió el dinero en su bolsillo y tomó sus artículos, sus movimientos suaves y sin prisa.

"Cuídate," llamó mientras salía de la tienda, la campanita sonando una vez más al cerrarse la puerta detrás de ella.

Maya no se apresuró mientras regresaba al coche, su corazón latiendo con fuerza, pero su expresión permanecía tranquila. Lo había logrado—rápido, limpio, y sin llamar la atención. El empleado ni siquiera se daría cuenta de lo que había pasado hasta mucho más tarde, si es que lo hacía.

Cuando llegó al coche, Ethan la estaba esperando,

con el motor en marcha. Se deslizó al asiento trasero, su expresión no revelando nada mientras le entregaba el dinero.

"Es suficiente para los próximos días," dijo simplemente, con la voz firme.

Ethan asintió, sin hacer preguntas. Sabía que era mejor no indagar en los detalles. Tenían lo que necesitaban, y eso era lo que importaba.

El equipo rápidamente reunió sus pertenencias y se registró en el motel bajo nombres falsos, pagando en efectivo para evitar dejar rastro. La habitación era pequeña y mohos, con muebles anticuados y un leve olor a humedad, pero era segura, y eso era lo que importaba.

Una vez dentro, finalmente se permitieron relajarse, aunque solo por un momento. El viaje había sido agotador, y todos estaban funcionando a base de adrenalina y nervios.

Alex se sentó al borde de la cama, su mente ya corriendo con planes. "Necesitamos mantenernos fuera de la red por ahora, pero no podemos permitirnos estar inactivos. Necesitamos reunir información, conseguir nuevas identidades y planear nuestro próximo movimiento."

Maya asintió en acuerdo. "Riverside es lo suficientemente grande como para que podamos mezclarnos, pero también está llena de oportunidades. Solo necesitamos ser inteligentes con nuestros movimientos."

Lily, con los ojos reflejando una mezcla de agotamiento y determinación, añadió: "Hemos llegado hasta aquí. No podemos bajar la guardia ahora. Necesitamos estar alerta y listos para cualquier cosa."

Ethan, siempre el estratega, miró por la ventana hacia la ciudad más allá. "Lo tomaremos un paso a la vez. Por ahora, descansemos y regroupémonos. Mañana, comenzamos de nuevo."

El equipo se acomodó para pasar la noche, la tensión del viaje por carretera cediendo gradualmente a un optimismo cauteloso. Estaban en una nueva ciudad, con nuevos desafíos por delante, pero se tenían mutuamente y compartían una determinación de sobrevivir. Riverside era su oportunidad de un nuevo comienzo—un lugar donde podían desaparecer, reconstruir y prepararse para lo que fuera que viniera.

Mientras se dejaban llevar por el sueño, la ciudad

zumbaba con vida afuera, un recordatorio constante de que ya no estaban solos en la naturaleza. Habían escapado de una prisión, pero el mundo estaba lleno de peligros, y su lucha estaba lejos de terminar. Pero por ahora, estaban a salvo, y eso era suficiente.